席慕蓉

寫給海日汗的
21封信

席慕蓉的鄉愁

賀希格陶克陶

　　新世紀伊始，詩人蕭蕭對席慕蓉《世紀詩選》的評語是：「似水柔情，精金意志」。

　　是的，柔情與意志是席慕蓉作品具有極大感染力的重要原因。然而她的很多詩歌和散文作品，尤其是自1989年以來的作品所飽含的柔情與意志主要是通過鄉愁表現出來的。

　　這鄉愁並且在這十二年中不斷地變化與擴展，以下我將其大略劃分為三個時期，並舉例說明。

　　故鄉的歌是一支清遠的笛

　　總在有月亮的晚上響起

　　故鄉的面貌卻是一種模糊的悵惘

　　彷彿霧裡的揮手別離

　　離別後

　　鄉愁是一棵沒有年輪的樹

　　永不老去

　　這是席慕蓉於1978年寫的直呼其名為〈鄉愁〉的一首詩。在作者的心靈深處「鄉愁是一棵沒有年輪的樹」，然而「卻是一種模糊的悵惘」，既模糊又抽象。

　　這可稱之為第一時期。是屬於一種「暗自的追索」。自幼生長在中國的南方，雖然有外祖母及雙親的家庭與民族文化熏陶，席慕蓉對

3

蒙古高原的原鄉情結，卻始終無法在漢文化的教育體系裡得到滿意與精確的解答。

因而，在以漢族為主體的文化社會中，席慕蓉一離開了家庭的庇護，就會直接面對種種矛盾與歧異的觀念，作為心中依仗的原鄉，就只能成為一種難以估量的時間（沒有年輪的樹），以及難以清晰言說的空間（月下的笛聲和霧中的手姿）了。

1989年八月底席慕蓉第一次回到家鄉——現在的內蒙古錫林郭勒盟正鑲白旗寶勒根道海蘇木。白天她讓堂哥帶去看了從前的老家即尼總管府邸的廢墟。

到了夜裡，當所有的人因為一天的興奮與勞累，都已經沉入夢鄉之後，我忍不住又輕輕打開了門，再往白天的那個方向走去。

在夜裡，草原顯得更是無邊無際，渺小的我，無論往前走了多少步，好像總是仍然被團團地圍在中央。天空確似穹廬，籠罩四野，四野無聲而星輝閃爍，豐饒的銀河在天際中分而過。

我何其幸運！能夠獨享這樣美麗的夜晚！

當我停了下來，微笑向天空仰望的時候，有個念頭忽然出現：

「這裡，這裡不就是我少年的父親曾經仰望過的同樣的星空嗎？」

猝不及防，這念頭如利箭一般直射進我的心中，使我終於一個人在曠野裡失聲痛哭了起來。

今夕何夕！星空燦爛！　　　　　　　　　　　（〈今夕何夕〉）

這是她第一次看到「父親的草原」之後的一段鄉愁描寫。接著她又去追尋「母親的河」——希喇穆倫河源頭。乘坐吉普車，在草原上尋找了一整天，到很晚的時候才找到。那是九月初的溫暖天氣，但泉

水冰冽無比。她赤足走進淺淺的溪流之中，就像站在冰塊上。然而她此時此刻的感觸是：

> 只覺得有種強烈到無法抵禦的歸屬感將我整個人緊緊包裹了起來，那樣巨大的幸福足以使我淚流滿面而不能自覺，一如在巨大的悲痛裡所感受到的一樣。
>
> 多年來一直在我的血脈裡呼喚著我的聲音，一直在遙遠的高原上呼喚著我的聲音，此刻都在潺潺的水流聲中合而為一，我終於在母親的土地上尋回了一個完整的自己。
>
> 生命至此再無缺憾，我俯首掬飲源頭水，感謝上蒼的厚賜。
>
> （〈源——寫給哈斯〉）

觸景生情，在這裡再也看不到「模糊」的景和情，其景清晰可見，其情悲喜交集。此時席慕蓉的鄉愁已進入第二時期。

這一時期的作品可稱之為「鄉愁的迸發與泉湧」。從1989年夏天開始，席慕蓉盡情抒發她個人及家族的流離漂泊，向蒙古高原的山河與族人娓娓道來，詩與散文的創作量都很豐盛。

從1989年之後，席慕蓉每年回蒙古一到兩次，「可說是越走越遠，東起大興安嶺，西到天山山麓，又穿過賀蘭山去到阿拉善沙漠西北邊的額濟納綠洲，南到鄂爾多斯，北到一碧萬頃的貝加爾湖；走著走著，是見到了許多美麗豐饒的大自然原貌，也見到了許多被愚笨的政策所毀損的人間惡地，越來越覺得長路迢遙。」隨著席慕蓉在蒙古土地上走過的路途的延伸，她的鄉愁也拓寬了。就像她自己說的那樣，「如今回頭省視，才發現在這條通往原鄉的長路上，我的所思所感，好像已經逐漸從起初那種個人的鄉愁裡走了出來，而慢慢轉為對整個遊牧文化的興趣與關注了。」（《金色的馬鞍》代序）

她不僅把興趣與關注擴大到家鄉內蒙古之外的中國境內新疆衛拉特蒙古，青海、甘肅、吉林、遼寧等省蒙古，達斡爾蒙古，蒙古國，俄羅斯境內喀爾瑪克蒙古，布里雅特蒙古，圖瓦蒙古，阿爾泰蒙古以及他們的歷史與現狀，而且還擴大到包括蒙古文化在內的整個游牧文化領域。在十三世紀成書的歷史和文學名著《蒙古祕史》、自遠古時代流傳下來的英雄史詩《江格爾》、蒙古語言文字，乃至阿爾泰語系民族語言，都極大地吸引了她。她如饑似渴地閱讀了大量有關蒙古高原的考古文集，稱這些書冊中所記錄的一切「是一場又一場的饗宴啊！」（〈盛宴〉）。在〈解謎人〉一文中，作者對內蒙古呼倫貝爾盟文物工作站的米文平先生表示了極大的尊敬與愛戴，為什麼呢？因為，他發現了鮮卑石室——嘎仙洞。在上海博物館展出的「內蒙古文物考古精品展」中看到紅山黃玉龍時她的心情異常激動，「第一次站在黃玉龍的前面，用鉛筆順著玉器優美的弧形外緣勾勒的時候，眼淚竟然不聽話地湧了出來。幸好身邊沒有人，早上九點半，才剛開館不久，觀眾還不算多。我不明白自己為什麼會這麼激動，一面畫，一面騰出手來擦拭，淚水卻依然悄悄地順著臉頰流了下來。」（〈真理使爾自由〉）

　　至此，席慕蓉的鄉愁已進入第三時期，是對於「游牧文化的回歸與關注」。從個人的悲喜擴展到對文化發展與生態平衡的執著和焦慮。這時期的作品如〈髮菜——無知的禍害〉〈沙起額濟納〉〈失去的居延海〉〈送別〉〈河流的荒謬劇〉〈開荒？開「荒」！〉〈封山育林‧退耕還草〉等等，這些散文都以環境保護為主題，其景也都清晰可見，其情卻悲天憫人。

　　席慕蓉的鄉愁，經歷了從模糊、抽象，發展到清晰、細膩，再發展到寬闊的演變過程。也可以說，經歷了從個人的鄉愁發展到民族的和整個游牧文化的鄉愁的演變過程。這是一個作家思想境界和情感世

界深化乃至神化的進程。

　　總之，席慕蓉詩歌散文作品中的柔情與意志的主要表現形式或曰核心內容是鄉愁。她對蒙古高原如癡如醉，無時無刻不在為家鄉愁腸。我們清楚地看到，自1989年以來，她的所思、所言、所寫和所做，似乎全都圍繞著家鄉這個主題張開的。愛國愛民族的詩人作家自古有之，但像席慕蓉這樣愛自己的民族、愛自己的家鄉愛到全神貫注和如癡如醉地步的詩人作家究竟出現過多少？一時還真想不出第二個、第三個來。

　　席慕蓉的鄉愁如此之深，是什麼原因呢？對此評論家們作過種種解釋，但在我看來，作者自己的分析最為深刻。作者在《源——寫給哈斯》一文中指出：

　　「血源」是一種很奇怪的東西，她是在你出生之前就已經埋伏在最初最初的生命基因裡面的呼喚。當你處在整個族群之中，當你與周遭的同伴並沒有絲毫差別，當你這個族群的生存並沒有受到顯著威脅的時候，她是安靜無聲並且無影無形的，你可以安靜地活一輩子，從來不會感受到她的存在，當然更可以不受她的影響。

　　她的影響只有在遠離族群，或者整個族群的生存面臨危機的時候才會出現。

　　在那個時候，她就會從你自己的生命裡走出來呼喚你。

　　無論是從心理學角度還是從遺傳學角度，這個解釋都是極為深刻的。

　　席慕蓉熱愛蒙古民族，熱愛家鄉人民，那麼族人和鄉親們對她如何呢？我作為她的族人和老鄉之一，願意回答這個問題：他們更熱愛席慕蓉！

她曾在詩中寫過一句：「在故鄉這座課堂裡／我沒有學籍也沒有課本／只能是個遲來的旁聽生。」又說：「是的，對於故鄉而言，我來何遲！既不能出生在高原，又不通蒙古的語言和文字，在稽延了大半生之後，才開始戰戰兢兢地來做一個遲到的旁聽生。」（《金色的馬鞍》代序）。這是極為謙虛的自我審視之言。然而廣大蒙古族同胞和她家鄉的人們卻把席慕蓉看做是在故鄉這座課堂裡的最值得驕傲的高材生！

　　她的鄉愁在一定程度上也可說是眾人的鄉愁，這使得她的詩和散文不僅在漢文讀者群中受到重視，譯成蒙古文之後也在蒙文讀者中引起了強烈的震撼。「不僅是族人，就是讀到她近十年來作品的其他民族兄弟，也都驚嘆於她刻肌鏤心的歷史的審視目光和力透紙背的匠心的悲歌絕唱。」（哈達奇‧剛《野馬灘──蒙古語漢譯文學選集》序言）

　　總之，席慕蓉的鄉愁歷經了三個不同時期的演變，一方面固然可以說是創作者個人的追求與努力有以致之；但是，另一方面，也讓人不得不以為天地間另有更為深沉的柔情和更為執著的意志，藉著席慕蓉的一支筆來向我們展現真相。

　　在此，我們期待她的新作，也祝福她的創作前程更為寬廣與光明。

　　以上是我於2002年寫的評論文章，當時將文章壓了一些日子（這是本人多年來的習慣）後再閱讀時，又覺得還不夠深入與全面，所以雖然寄給席慕蓉了，但自己只發表了蒙古文譯文（內蒙古《花的原野》2002年第十二期），就再沒有發表漢文文稿。

　　沒想到這麼多年之後，席慕蓉竟然還保存著這篇拙作。並且，前不久還寄來她的新書書稿與一封信，信中要求我同意以這篇〈席慕蓉

的鄉愁〉作為她新書的序言。

此刻是2013年，離2002年已有十一年之久。而席慕蓉在1989年夏天，返鄉旅程的第一站，第一處落腳的蒙古家庭就在寒舍，所以，我們相識更已是超過兩個十一年了！

在這長久的時間裡，在蒙古高原之上，越來越多的蒙古家庭都清楚地認識到了席慕蓉對蒙古民族和蒙古土地的熱愛之情，我們這些蒙古人因此也非常敬愛她。如今能以拙文為她的新書作序，對我來說當然是件很高興的事。

可是，在答應了她的同時，自己又深感不安，只怕我的所見或許太過膚淺，只好勉力為之。

多方考慮之後，我決定保留2002年的原文不動，只針對她的新書書稿，再來續寫這篇序文，使其更趨完整。

主要原因就在於她的新作《寫給海日汗的21封信》所談的內容很豐富，涵蓋蒙古及蒙古高原其他游牧民族歷史文化、自然環境等當今仍具有現實意義的諸多問題。這些書信裡探討的是至今仍有必要澄清的許多歷史真相，以及遊牧文化本質的深層意義及思考。一般來說，這些問題都是學術著作中探討的內容，都是學者們的研究對象。然而席慕蓉卻把這些枯燥的歷史文化話題，從只有極少數學人閱讀的學術著作中解放出來，以散文語言和書信形式、以故事化、情緒化的敘述方式呈獻給讀者。深入淺出，又親切感人。

我在前文中說過：「席慕蓉的鄉愁，經歷了從模糊、抽象，發展到清晰、細膩，再發展到寬闊的演變過程。也可以說，經歷了從個人的鄉愁發展到民族的和整個游牧文化的鄉愁的演變過程。這是一個作家思想境界和情感世界深化乃至神化的進程。現在我必須說，在《寫給海日汗的21封信》中席慕蓉的思想境界和情感世界，更加深化乃至神化。

席慕蓉從個人的悲喜擴展到對整個民族、整個蒙古高原游牧民族的文化發展與生態保護的執著和焦慮。就像詩人自己所說:「最初那段年月裡,我只能是個嬰兒,我哭、我笑、我索求母親大地的擁抱,那種獲得接納,獲得認可的滿足感,就是我最大的安慰。」「但是,又過了幾年,我的好奇心開始茁長,單單只是『認識家園』這樣的行為已經不夠了,我開始從自己的小小鄉愁裡走出,往周邊更大的範圍裡去觀望去體會。」(〈回音之地(一)〉)

「從自己的小小鄉愁裡走出,往周邊更大的範圍裡去觀望去體會」,這一點在〈闕特勤碑〉裡敍述得淋漓盡致。對於「闕特勤碑」,她在初中或高中時從歷史課本中見到過刻有漢字的黑白相片;2006年七月二十二日午後,在蒙古國前杭愛省鄂爾渾河流域和碩柴達木地方,真正見到了這座石碑,才知其漢字碑文只是背面,而正面刻的是古突厥文。2007年五月獲得耿世民先生《古代突厥文碑銘研究》一書,藉著耿世民先生漢文翻譯讀懂了西元732年建立的闕特勤碑及其他古突厥文碑銘的真正內容。在見到闕特勤碑的那一刻,席慕蓉用了許多驚嘆的字句來形容自己的感動:「好像渺小的我竟然置身在千年之前的歷史現場。」「我真是手足無措,興奮得不知道如何是好啊!」「在我心裡,一直湧動著一種難以形容的敬畏與親切混雜在一起的感覺。」「由於敬畏,使我保持適當的距離,不敢輕慢地去觸摸石碑;由於親切,我又不捨地一直環繞著它,甚至到最後只是默默地停立觀望,停留了很久很久,就是不想離開。」「為什麼我會覺得自己跟它很親?」

「為什麼我會覺得自己跟它很親?」這個問題,席慕蓉等了一年之後,才有機會請教學者,得到以下的回答:「無論是血緣還是文化,突厥與蒙古之間的關聯緊密,最少都有百分之八十以上。」

的確,就血緣而論,蒙古語族、突厥語族和滿通語族同屬阿爾泰

語系，根據語言學家們的一種觀點，這同屬一個語系的民族應該是同源。就文化淵源而論，蒙古文化與突厥文化更是一脈相承。關於古突厥文的起源，有的學者提出一些字母來自古代突厥人實用的tamgha符號（即表示氏族或部族的印記或標誌）或表意符號。耿世民先生也認為這一點是可信的。其實那些表意符號從匈奴流傳到突厥、流傳到蒙古，成為他們部落、氏族的標誌。由於是同屬一個語系，古突厥文碑銘中對於英雄人物的歌頌方式甚至很多用詞都與蒙古英雄史詩及《蒙古祕史》等相似。就說用詞方面的相似性吧，例如可汗（hagan）、天（tengri）、人民（bodun）、海（taluy）、狩獵（aw）、部或族（aymag）、殺人石（balbal）等等，數不勝數。甚至一些諺語和慣用語都很一致，例如「使有頭的頓首臣服，有膝的屈膝投降」，這樣的句子在《蒙古祕史》中就有（tolugaitan-i böhüilge jütoigtan-i sögüdge ju）。「居住在東方日出方向的人民和居住在西方日落方向的人民」，這樣的句子在蒙古英雄史詩《江格爾》中常出現。

　　但是，這些資料和史實，從來不會在一般高等教育的教科書和非專業的雜誌中出現。席慕蓉因此在她的受教育過程裡（包括學校教育與社會教育裡），完全無法知悉自己民族的悠久淵源與血脈傳承。

　　在中學的教科書裡牢牢記住的一張黑白圖片，到了立碑現場才知道這相片拍的只是闕特勤碑的背面。席慕蓉無限感慨地發現：

　　「這麼多年，在我所接受的教育裡，即使遠如一座一千兩百多年前的突厥碑，我所能知道的，也只是它的背面而已。教育系統裡供應給我的，只有經過挑選後的背面。」

　　因此，她也開始明白「在這些教科書裡，不論是「匈奴」「突厥」「回鶻」還是「蒙古」，好像都是單獨和片段的存在。而其實，在真實世界裡，亞洲北方的遊牧民族也是代代相傳承，有著屬於自己的悠久綿延的血脈、語言、文化和歷史的。」

但是，她並沒有為此而怨怪任何教育系統，在這封信中，她寫下了自己深刻的領會：

海日汗，能夠「明白」、能夠「知道」、能夠「分享」，是一件多麼幸福的事，即使是如我這般的後知後覺，也不能說是太遲。

你看，在我寫給你的這封信裡，我不就把當年記憶中的「背面」和此刻尋找到的「正面」，兩者疊合在一起了嗎？

有意思的是，席慕蓉「從自己的小小鄉愁裡走出來，往周邊更大的範圍裡去觀望去體會」，然而她鄉愁情結的交匯點卻是她父母的故鄉——內蒙古。在以二十多年的時間，往各個方向都去探尋過之後，她在這本書裡又轉過身來，重新面對自己家族在此生長繁衍的山河大地，開始娓娓訴說起來。

更有意思的是，在這本新書裡，她預先設定了自己的訴說對象。是一個生長在內蒙古的蒙古少年，她給這個孩子取了一個名字，叫做「海日汗」。

「海日汗」這個蒙古語人名的本意，為山神所居之高山、嶽。因此，這種海日汗山自古被蒙古人所祭祀。蒙古人往往給男孩起「海日汗」這個名字，同時給女孩子也有起這個名字的。這裡舉個典型例子：據蒙古國 C. Dolma 教授《達爾哈特部薩滿傳統》（蒙古國立大學出版社，1992。137-138頁）一書記載，蒙古國達爾哈特部將從事薩滿達三十五年以上的老薩滿尊稱為「海日汗」，在他們那裡具有「海日汗」稱號的老薩滿共有九位，其中七位是男薩滿即 böö，兩位是女薩滿即 udugan。

在席慕蓉這本書裡的「海日汗」，就是內蒙古自治區蒙古族孩子們的代名詞。為什麼專門給內蒙古的蒙古族孩子們寫信呢？席慕蓉

說，因為他們正逐漸丟失自己民族傳統的土地、文化、價值觀、母語，他們在迷失方向。這是「最讓我心懷疼痛的」，而「我的年齡比你大了幾十歲，因此多了幾十年慢慢反省的時光。同時，在最近的十幾年間，我又有機會多次在蒙古高原上行走，遇見了許多人許多事物，有了一些感觸和領會，就很想告訴你。這樣，也許，也許可以對你有些用處，讓你能在百萬、千萬、甚至萬萬的人群之中，安靜而又平和地尋找到真正的自己。」

席慕蓉在電話中對我說，一個民族最最不能失去的，是對民族文化的認識與自信。而採用書信體的形式來寫作，使她更能暢所欲言。

我也發現，在這本新書中，為了年輕的海日汗，席慕蓉在題材的選擇上，也是頗費苦心的。雖然並沒有完全依照時間順序，而是以穿插的方式進行，但是遠如宇宙洪荒，近到最新的科學對DNA的檢測，都在她的關切範圍裡。如〈時與光〉〈刻痕〉〈泉眼〉以及〈兩則短訊〉中的第二則等等，都可以從初民的古老符號、神話傳說以及考古的發現之中引伸出蒙古高原的悠遠身世。

而談及遊牧文化歷史的則有〈闕特勤碑〉〈回音之地〉〈京肯蘇力德〉〈察干蘇力德〉等篇，一直延伸到〈夏日塔拉〉〈察哈爾部〉〈一首歌的輾轉流傳〉與〈我的位置〉，從突厥碑銘寫到大蒙古帝國開國初期的英雄，寫到北元最後的敗亡，再寫到準噶爾汗國的命運；每一處歷史的轉折都如在眼前。

關於〈夏日塔拉〉，我在這裡補充說幾句，席慕蓉引用堯熬爾作家鐵穆爾的話說「此處古稱錫拉偉古爾大草灘，也就是黃畏兀兒大草灘之意」。這種解釋有其文獻記載依據，清代檔案天聰八年（1634年）十月二十七日條目記載：「汗（指清太宗皇太極）以太祖英明汗升遐後，八年征討克捷之事，為文以告太祖之靈。汁率諸貝勒大臣詣太祖靈前，跪讀祝文，焚楮錢。祝文云：甲戌年（1634年）十月二十七日，

即位四孝子敢昭告於父汗曰，……察哈爾汗親攜其餘眾，避我西奔唐古特部落，未至其地，死於西喇衛古爾部住所西喇之野地，其部執政諸大臣，各率所部，盡來歸附。」（《清初內國史院滿文檔案譯編》上，天聰朝，崇德朝，中國第一歷史檔案館，光明日報出版社1989年，第一一八頁）其中說的「西喇衛古爾」與「堯熬爾」（yogur）「錫拉偉古爾」「黃畏兀兒」都是一個詞，即今大陸五十五個少數民族之一的裕固族，蒙古語稱 xira yogur。蒙古文《阿勒坦汗傳》中寫 xirayigur。「西喇之野地」指的就是夏日塔拉。

此外還有幾封信，談的是席慕蓉自己身邊的遭遇，以及成長過程中的種種反應，屬於比較個人的生活經驗，但依然與整個民族的歷史與現況有著關聯。如以一首詩的形式呈現的〈伊赫奧仁〉，還有〈我的困惑〉〈疼痛的靈魂〉〈嘎達梅林〉，以及〈回顧初心〉〈生命的盛宴〉等篇。

至於〈聆聽大地〉，則是一篇為游牧文化的合理性和科學性辯解的文章。

到了第21封信〈草原的價值〉，以及附錄中的〈鄉關何處〉之時，我們才終於領會出詩人的苦心與真意了。

原來，雖然席慕蓉一開始就預設了這些書信的收受者是「海日汗」，是一個蒙古孩子，也可說是所有居住在內蒙古自治區裡的蒙古族青少年的「代名詞」。

但是，事實上這21封信也是寫給全世界的讀者的。

在〈鄉關何處〉裡，她點出：「關於『遠離鄉關』與『追尋母土』這兩個主題，是生命裡最基本的主題，並無東方與西方之分。」因此，她可以與一個萍水相逢的波蘭猶太裔的瑞士女子交心，並且雖然並未再有更多聯繫，卻堅信彼此將終身不忘。「只因為我們曾經一起面對過自己的命運，在那輛車上，在死海之濱」。

由於這場真實而又難得的相遇，使得席慕蓉這大半生「遠離鄉關」與「追尋母土」的經歷，就有了遠遠超乎一個個體本身的命運所能代表的意義了。

　　而在〈草原的價值〉一文中，一如詩人所言：「草原本身，是屬於全人類的。是屬於整個地球生命體系裡缺一不可的重要環節。我們絕對不能坐視她在今日的急速消失而不去作任何一種方式的努力！」

　　所以，一個微小的個人其實與整個世界的明日都有所牽繫。

　　「海日汗」，或許只是一個居住在內蒙古自治區任何角落裡的蒙古族青年，但是這個單獨的生命個體在今日必須面對的困境，如果任由它繼續擴大而不加以任何努力去制止、去改善的話，則也必將是這個世界上許許多多青年在明日即會面臨的困境！

　　居住在地球上的人類，不管是哪一個民族，也不管是哪一處草原、大地、森林或者湖泊，都是屬於一個禍福相連的生命共同體啊！

　　在我2002年所寫的評論中，最後曾有這樣的期盼：「在此，我們期待她的新作，也祝福她的創作前程更為寬廣與光明。」

　　今日展讀新書書稿，果真如我所期盼，眼界更為寬廣，心懷更為熱烈與光明，真是可喜可賀。

　　自1989年以來，席慕蓉圍繞著蒙古高原這個主題所寫成的散文合集，早期有《我的家在高原上》（後改版易名為《追尋夢土》），中期有《蒙文課》，今日則有這本《寫給海日汗的21封信》。這三本書，是席慕蓉送給原鄉蒙古最珍貴的禮物。

　　至於我這篇前後相隔十一年的評論文章〈席慕蓉的鄉愁〉，到此終於也算努力寫出了一篇「完整版」吧。不過心中很是惶恐，只好當作是拋磚引玉之舉，還期盼方家多多指正了。

　　　　　　（本文作者為中央民族大學教授／蒙古學文獻大系 總主編）

目錄

闕特勤碑　蒙古國前杭愛省 2006 · 7

1 闕特勤碑

如果他們的心聲依然屹立在曠野，
那麼，誰能說歷史只是已經湮滅了的昨日？

海日汗：

終於提筆給你寫信了。

這是我想了很久很久的事。

我可以叫你海日汗嗎？

我可以用這個名字來稱呼你嗎？我們可能見過，也可能從不相識，但是我很想寫信給你，說些我心裡的想法。所以，請容許我以海日汗這個從蒙文的字音到字義都極為美好的名字來稱呼你，你，一位生活在內蒙古自治區裡的蒙古少年，不管你原來的名字是什麼，在我心中，你終必會長成為高大堅定的海日汗！這是我衷心的期盼。

十多年了，在蒙古高原上行走，遇見過許多蒙古孩子，但是，最讓我心懷疼痛的，就是居住在內蒙古自治區裡的你。

是的，海日汗，你居住在自己的家鄉，卻不能認識自己的土地與文化的真貌，甚至包括你的價值觀也已經受到他人強烈的影響。

你居住在原鄉大地之上，卻在龐大的移民群中失去了使用母語的能力，也逐漸迷失了自己的方向。

（我想，你恐怕連「海日汗」這個名字的蒙文字義也不清楚了吧？）

海日汗，我不是在譏笑你，因為，你的困境，也正是我的。

只是，我的年齡比你大了幾十歲，因此多了幾十年慢慢反省的時光。同時，在最近的十幾年間，我又有機會多次在蒙古高原上行走，遇見了許多人許多事物，有了一些感觸和領會，就很想告訴你，這樣，也許，也許可以對你有些用處。讓你能在百萬、千萬，甚至萬萬的人群之中，安靜又平和地尋找到真正的自己。

我想與你分享的，是我在這條長路上的一次又一次的「遇見」。

今天，讓我先來說「闕特勤碑」。

　　最早見到它是一張印刷在教科書上的黑白相片，（應該是初中或高中的歷史課本？）圖片很小，不過看得出來是一塊石碑的上半部，碑上刻著漢字，但是，內容是什麼以及究竟是哪個朝代的事，我早就忘記了。奇怪的卻是一直記得那張小小的黑白圖片，還有說明文字裡的「闕特勤碑」那四個字。

　　歲月飛馳，就這樣過了幾十年。

　　真正見到了這座石碑，是在2006年的七月二十二日午後，在蒙古國前杭愛省茫茫無邊的曠野之上，就在原立碑之地鄂爾渾河流域的和碩柴達木地方。

　　真正見到了這座石碑，才知道一直存在我記憶中的漢字碑文只是石碑的背面而已，闕特勤碑碑石朝東的正面，刻的是古突厥文！

　　海日汗，我想你會說，當然應該是這樣才對啊！

　　闕特勤（Kül Tegin，西元684-731年）是後突厥汗國頡跌利施可汗的次子，為他立碑的是他的兄長毗伽可汗，這樣的一座紀念碑，正面當然是應該以突厥汗國的文字來書寫才對。

　　可是，我卻要隔了幾十年之後才能知道。

　　你明白我的意思嗎？海日汗，你明白我在那瞬間所領會的現實嗎？原來，這麼多年，在我所接受的教育裡，即使遠如一座一千兩百多年前的突厥石碑，我所能知道的，也只是它的「背面」而已。

　　教育系統裡供應給我的，只有經過挑選後的「背面」。

　　當然，我無權去指責這個教育系統。第一，它是以大漢民族為本位的教育系統，當然會選擇與漢文化有關的資料放進教科書裡。（而這個背面的碑文，也大有來歷，據說是由唐玄宗所親自書寫的。）第二，我自己讀書不多，沒有能夠更早知道這些對學者來說是極為普通的常識，因此更不能怨怪他人。

不過，如果要從這裡開始反省，那麼，我就不得不去擔憂，從小到大，在我的教科書上，關於亞洲北方的游牧民族，還有多少被排除了的原本應該是屬於「正面」的資訊了。

　　見到闕特勤碑的那一天，是個時陰時晴的天氣，高高的穹蒼之上濃雲密布，而曠野無垠，在天與地之間，只有這一座巨大的石碑獨自屹立，巨大而且厚重。

　　立碑之年是西元732年，離現在已經有一千兩百七十多年的時光了，可是，石碑上刻著的文字還清晰可辨。

　　但是，我一個字都不認得！

　　心裡掠過一些隱約的悲傷，不過，很快就被興奮之情所掩蓋了。

　　想一想，能夠在長途跋涉之後，終於來到這座石碑之前，看天蒼蒼，看野茫茫，石碑上方所刻的簡潔的山羊圖像偶爾被雲隙中射出的陽光映照得光影分明，好像剛剛才刻上去一樣，好像渺小的我竟然置身在千年之前的歷史現場。海日汗，在那一刻，我真是手足無措，興奮得不知道要如何是好啊！

　　只能不斷地換著角度重新拍攝，而同時，在我心裡，一直湧動著一種難以形容的敬畏與親切混雜在一起的感覺。

　　由於敬畏，使我保持適當的距離，不敢輕慢去觸摸碑石；由於親切，我又不捨地一直環繞著它，甚至到最後只是默默地佇立觀望，停留了很久很久，就是不想離開。

　　為什麼我會覺得自己跟它很親？

　　這個問題在心裡放了一年，第二年夏天（2007），在內蒙古大學的一次聚會上，我終於忍不住問了幾位坐在我身邊的蒙古學者，突厥和蒙古到底有多近？他們說：

　　「無論是血緣還是文化，突厥與蒙古之間的關聯緊密，最少都有

百分之八十以上相同。」

海日汗，你看，無知的我必須要經由學者的證實才能肯定我自己的感覺，才知道這種親切感正是一種孺慕之情，是北方游牧民族子孫心中與生俱來的很自然也很正常的反應。

海日汗哪！海日汗！我要怎麼感謝這些學者們呢？因為，還有更快樂的事情在後面。

剛才我已經對你說了，那天，站在闕特勤碑前面的我，對碑上的古突厥文一字不識，完全不能了解其中的含義。回到台北之後，從我書架上現有的書中去尋找，也只能找到一鱗半爪，原來以為這輩子都無法解答這個謎題了。想不到，2007年的五月，和好友兆鴻去了大興安嶺之後，又相約再去新疆，也是由於對自古居住在新疆許多民族想要更深入了解，兆鴻在回到北京之後，找到耿世民教授所著的《新疆歷史與文化概論》₁，就多買一冊送我。書內有三章敘述古代突厥文碑銘的發現、解讀等等研究，我已經大喜若狂，加之更在書後看到耿世民教授有一本《古代突厥文碑銘研究》₂的專著，急忙求兆鴻再寄這本書給我。前幾天，終於收到書了，海日汗哪！海日汗！我要怎麼感謝這位學者呢？

耿世民教授，深研古突厥文有五十多年，出版了許多部論著，而在這本《古代突厥文碑銘研究》裡，他是直接從古突厥文譯成漢文。書中詳細列舉了九座石碑的碑文內容，「闕特勤碑」，以及我後來陸續在2006年夏天的行程中所見到的：「毗伽可汗碑」與「暾欲谷碑」都包含在內。₃

我怎麼會有這麼好的運氣！

我怎麼會有這麼好的運氣，去年剛剛才見到了這三座石碑，今年就得到了耿世民教授的這本專著。而由於耿教授翻譯的時候，非常尊重原文的排列格式，許多地方是直譯，不加任何多餘的修飾，因而也

闕特勤碑　蒙古國前杭愛省 2006・7

就更讓我感受到了原文中的美好氣勢，譬如在「闕特勤碑」東面所刻碑文的第一段：

當上面藍天、下面褐色大地造成時，在二者之間（也）創造了人類之子。在人類之子上面，坐有我祖先布民可汗和室點密可汗。他們即位後，創建了突厥人民的國家和法制。

多麼簡潔有力的開端！撰文者是以闕特勤的兄長毗伽可汗的口氣來書寫的，除了描述他弟弟闕特勤的英勇事蹟以及弟弟死後可汗的悲痛之外，還有很長的篇幅是在敘述突厥汗國的滄桑歷史。突厥汗國建立於西元552年，而在580年分裂為東、西兩個汗國，先後都被唐朝所滅，要隔了五十多年之後才再得以復國，就是史稱的第二突厥汗國或後突厥汗國。

所以，其中有段碑文很有意思，可以說是千年之前在亞洲北方的游牧民族的心聲：

……唐人的話語甜蜜，寶物華麗（原文：柔軟）。他們用甜蜜的話語、華麗的寶物誘惑，使得遠處的人民靠近（他們）。當住近了以後，他們就心懷惡意。他們不讓真正英明的人、真正勇敢的人有所作為。一人有錯，連其族人、人民、後輩都不饒恕。由於受到他們甜蜜的話語，華麗的寶物的誘惑，突厥人民，你們死了許多人。

海日汗，這樣直白的文字，卻真是驚我心、動我魄啊！

因此，毗伽可汗在回溯復國的經歷中，認為在他父親頡跌利施可汗之後繼位的自己，率領的第二突厥汗國的國力在起初是極為薄弱的。他說：「我統治的完全不是昌盛繁榮的人民，我統治的是內無食、

外無衣，貧困可憐的人民。」又再說：「當我繼位為可汗時，流散各處的人民，筋疲力盡地、無馬無衣地歸來了。」

而靠著弟弟闕特勤以及毗伽可汗自己的努力，（還有三朝老臣暾欲谷的輔佐）率領大軍四處征戰，終於又重新建立起一個強大的後突厥汗國。

海日汗，說到這裡，我又必須提一提自己年少時所讀到的歷史課本了。在這些教科書裡，不論是「匈奴」「突厥」「回鶻」，還是「蒙古」，好像都是單獨和片段的存在。而其實，在真實的世界裡，亞洲北方的游牧民族也是代代相傳承，有著屬於自己的悠久綿延的血脈、語言、文化和歷史的。

而且，這些血脈、語言和文化，現在仍然是生活裡極為重要的組成分子，並沒有隨著時光的消逝而遠去。

這些也都要感謝世界各國學者的用心鑽研和證實。

破譯古突厥碑文的研究，在西方已有一百多年的歷史，有英、德、法、俄、土耳其等語言的譯本。而此刻，藉著耿世民教授的這本漢文翻譯的專書，我才能輕易地讀懂了突厥先民一千兩百多年前慎重刻下的心聲，明白了他們曾經承受過的流離傷亡，也分享了他們重新奮起之後的興旺榮光。

海日汗，能夠「明白」、能夠「知道」、能夠「分享」，是一件多麼幸福的事，即使是如我這般的後知後覺，也不能說是太遲。

你看，在我寫給你的這封信裡，我不就把當年記憶中的「背面」，和此刻尋找到的「正面」，兩者疊合在一起了嗎？

海日汗，在這疊合的一刻，我要感謝的，還不只是百年來默默鑽研的各國學者而已；我還要感謝那一座又一座，歷經千年風霜，卻始終不肯倒下的突厥碑石，只因為上面深深刻畫著先民真摯的話語。

如果他們的心聲依然屹立在曠野，那麼，誰能說歷史只是已經湮滅了的昨日？

　　信寫長了，先在此暫停。

祝福

慕蓉　2007年11月17日

1　《新疆歷史與文化概論》，耿世民著，中央民族大學出版社，2006年8月初版。

2　《古代突厥文碑銘研究》，耿世民著，中央民族大學出版社，2005年8月初版。

3　我2006年7月的行程，可參看爾雅出版社，2007年3月初版的《2006席慕蓉》足本。

暾欲谷碑（部分）　蒙古國中央省 2006・7

2 刻痕

可是，「侵蝕」，在某種意義上來說，
不也是一種逐日的完成？

海日汗：

好久沒提筆了，最近過得很忙亂，不過，心裡還是常常惦念著要給你寫信這件事。說是給你寫信，其實，也是寫給我自己。

好像在向你訴說的同時，另外一個我也在慢慢醒來……

海日汗，我們的身體和心魂，不是只有這短短幾十年的記憶而已，有些細微的刻痕，來自更長久的時間，只是因為長年的掩蓋和埋藏，以致終於被遺忘了而已。我們需要彼此互相喚醒。

在這封信裡有幾張相片，其中有兩張，是上封信提到的紀念第二突厥汗國三朝老臣暾欲谷的碑石。

有一張是在極近處所攝到的碑文，海日汗，請你看一看，這碑石上的文字刻得有多深！

這些至今依然清晰的碑文，當然令我著迷，可是，更令我著迷的，還是石碑本身在一千多年無情風霜的侵蝕之下，所呈現出來的面貌。

海日汗，請你細看，原應是打磨得很光滑的平面已成斑駁，原來切割得很銳利的直角已成圓鈍，可是，你會不會覺得，這樣才更顯石碑的厚重與深沉？

我們可以說，「侵蝕」是一種逐日的削減。可是，一千多年裡每一次的風雪雨露，構成難以數計的細小和微弱的碰觸，「侵蝕」，在某種意義上來說，不也是一種逐日的完成？

海日汗，如果我們每日所觸及的細節都是人格形成的一部分，那麼請你試想一下，在蒙古高原之上，在一整個又一整個的世代裡，在眾多的游牧族群的心魂之中，那不可見的刻痕又會有多深？

而也就是這些刻痕，讓我們能長成為今天的蒙古人。

暾欲谷碑　2006‧7

　　所以我們才會彼此靠近，覺得親切，甚至熟悉，好像有些話，不必說出來就已經明白了……

　　所謂「族人」，應該就是這種關係了吧。

　　去年（2007）秋天，有個傍晚，黃昏的霞光異常的光明燦爛，站在金紫灰紅的霞光裡，站在一大片茫無邊際的芨芨草灘上，我新認識的朋友查嘎黎對我說了一句話：

　　「蒙古文化的載體是人，只要人在，文化就在。」

　　我相信這句話。

去年八月，參加在伊克昭盟（今稱鄂爾多斯市）烏審旗舉行的「第二屆察罕蘇力德文化節」。中間有一天，朋友帶我們去看薩拉烏素河。

　　海日汗，你應該知道，這是在人類考古史上赫赫有名的河流，在這裡，考古學者發掘出舊石器時代晚期人類活動的遺址，離今天有五萬到三萬五千年以前了。（最新的研究成果認為是在十四萬年到七萬年以前，屬舊石器時代中期。）

　　對這片流域的考古發掘，最早是由一位蒙古牧民旺楚克的引導開始。他是帶領法國神父桑志華走向薩拉烏素河岸的領路人，因為在那片河岸上，旺楚克曾經發現一些奇異的化石。

　　1922到1923年，桑志華神父和隨後前來的法國古生物學家德日進，在這裡採集到了一些人類和脊椎動物的化石，還有石器和用火的遺跡。

　　其中有一顆小小的牙齒化石，經過測認後，確定是屬於一個幼童的左上方的門牙，已經石化很深了，這個孩子應該只有八、九歲。

　　當時，這是很轟動的發現。經時任北京協和醫院解剖室主任加拿大的解剖學家步達生在研究與測認之後，把這顆門牙定名為「Ordos Tooth」（鄂爾多斯齒）。不過，後來中國的考古學者斐文中在四十年代時，卻很不夠專業地把這個名字轉譯成「河套人」，又把這個地區的文化命名為「河套文化」，因此，多年來都使得社會大眾（包括我在內），對這個珍貴的舊石器時代文化遺址的確切地點，有了混淆和偏差。

　　幸好，在後來的多次發掘中，又有了許多難得的發現，是屬於這個地區所獨有的特質。最後，考古界終於把這一處遺址的發現與研究，在漢文裡定名為「薩拉烏素文化」。今日有學者也極力主張，認為「河套人」應該重新正名為「鄂爾多斯人」。

「薩拉烏素」，漢文的直譯是「黃水」。不過，這條河在蒙文裡還有一個外號，是鄂爾多斯當地人給她起的，叫「嘎拉珠薩拉烏素」。這「嘎拉珠」就是「瘋狂」的意思，所以，直譯成漢文，就是「瘋子黃河」，或者「瘋狂的黃水河」。我猜想，大概是因為這條河流有道很大的河灣，那幾乎180度迴轉的大河灣，彎曲度之大超乎我們的想像了吧？

　　這個外號，是查嘎黎告訴我的。

　　那天，一車人興高采烈地直往薩拉烏素河的大溝灣而去，那裡就是旺楚克與桑志華發現「薩拉烏素文化」的第一現場！

　　我坐在駕駛座右邊，查嘎黎剛好坐在我身後，我們原本不熟，才剛剛認識了兩、三天而已。但是，他在說了「嘎拉珠薩拉烏素」這個外號之後，緊接著，又給我講了一段民間傳說，他說：

　　關於這條河，還有個很老的故事。

　　說是很久很久以前，有個征戰多年的武士，終於可以回家了，就跨上駿馬，沿著蒙古高原的邊界直奔故鄉而來。奇怪的是，走了很多很多天，明明覺得應該早就到家了，眼前曠野無垠，卻怎麼也找不到回家的方向。

　　有天夜裡，疲憊的武士還在東尋西探，摸索前行。走著走著，卻總是覺得身後有響動，說不出來那是什麼樣的聲音緊跟在身後。好像他走，那聲音也跟著走，他停，那聲音也跟著停。武士雖然是個有膽量的人，可是，月夜裡，走投無路的他來到一座又高又黑的大山梁之前，也不禁有些遲疑。

　　於是，猛然回頭一看，才發現，原來緊跟在身後的響動，竟然是一條河的水流。月光下，那條河好像也找不到路，跟在武士的身後，也像他一樣的東張西望，猶疑難決。

那天晚上月亮很亮，襯得高大的山梁更深更暗，那條河的水流倒是很清澈，剛才不能分辨究竟是什麼的響動，原來是水聲，叮叮咚咚的，還挺好聽。

武士心想，如果放心地流動起來，應該是條很漂亮的小河吧，眼前卻只能畏畏縮縮地緊跟在陌生人的身後，怎麼也不敢超前一步。

原來，迷了路的河，也跟迷了路的自己一樣可憐啊！

武士心裡忽然覺得很悲傷，不禁抬頭望向天空，高聲呼求：

「蒼天啊！請讓迷路的人找到自己的家鄉，讓迷路的河找到自己的河道吧！」

這邊話聲剛落，忽然間，那邊黑色的山梁就自動往左右分開了。前面再無障礙，那條原本是猶疑觀望的河流，頓時就直直往前衝去，並且身軀暴長，變成一條水流洶湧、水勢兇猛，河面極為寬闊的大河，轉瞬間就把武士推開，把他遠遠地攔在北邊的河岸上了。

武士迷惘驚詫的眼光終於從河面收回之後，一轉身，他和他的坐騎就看見了回家的路，沿著河岸再往北走，沒有多久，就找到自己的家了。

那天，在行駛的車中聆聽查嘎黎的講述，對我來說，是一段很奇妙的經驗。認識這位身材高大壯碩、神情嚴肅的蒙古朋友，不過只有兩、三天而已，沒聽他說過幾句話，在宴席上總是沉默不言。

但是，在薩拉烏素河邊，他忽然變得喜笑顏開，滔滔不絕。在他講述這段傳說的時候，好像生命內在的活潑和熱情如泉湧般呈現，還帶著一種質樸與天真的詩人特質，讓我這個聽者驚喜萬分……

海日汗，與其說我是受了這段傳說的感動，不如說我是受了查嘎黎講述這段傳說時，他內在的生命力強烈噴湧迸發的狀態而感動。

這想必就是一個蒙古人在與他珍愛的文化共處時的生命狀態了。

薩拉烏素河一隅　鄂爾多斯 2007 · 8

海日汗，我就是從那一刻開始真正認識了這位朋友的，是多麼歡喜的感覺啊！

那一天，更讓我喜出望外的是薩拉烏素河。

原來，我從書冊的文字裡得到的印象，這應該已是一條瀕臨乾涸枯竭的河流了。在文字裡，關於薩拉烏素河的介紹，除了「遺址」「化石」「骨骸」等等以外，就是什麼「放射性碳素」「鈾系法」等等作為斷代依據的科學名詞，總讓我以為，這裡和許多書本上呈現的考古現場的圖片一樣，在河岸和河床上都遍布著碎裂的岩塊、無止無盡的黃沙，景象荒涼已極。

但是，2007年的八月十六日，我所見到的薩拉烏素河卻和自己的想像完全相反。

當然，最初從大溝灣的上方俯瞰之時，是有些荒涼的感覺。雖然也有綠色植被，但是岩塊與沙土也占了很大的面積。不過，再往峽谷下方行去，走到一條擁有許多泉眼的源流之時，我所見到的薩拉烏素河就是一條生意盎然、綠意盎然的河流了。

海日汗，這是從多少年前流到現在還沒有枯竭的泉眼，從多少年前活到現在還沒有老去的河流，水聲如傳說裡一般的琤瑽悅耳，河岸上芳草鮮美，林木蒼翠。海日汗，這是神話仙境在我眼前顯現的真實版本啊！

可惜在此只能給你看一、兩張相片而已，不能完整傳達那種讓我萬分驚喜的美麗和親切。

是的，海日汗，我說的是「親切」。

我終於來到在書冊裡翻尋過無數次的薩拉烏素河的河邊了，驚喜過後，心中湧出的卻是一種無邊的安靜與滿足，好像在我周遭的景

物，包括河面上每一寸細碎的波光，河岸上每一株小草的柔嫩多汁，林間每一陣微風穿過之後葉片的顫動，所有的光影、色面與線條的變幻，都在同時緩慢而又銳利地進入了我的身心，彷彿是輕輕的觸動，卻又留下了極為繁複與細微的刻痕……一切似曾相識。

　　海日汗，我想，應該就是這樣的刻痕，一日復一日地讓我逐漸長成為一個我所希望能成為的人——

　　一個不再迷路的回家的人。

　　夜已深了，今天就寫到這裡。

　　祝福。

慕蓉　2008年2月8日

薩拉烏素河邊泉眼（右下角）　　2007・8

3 泉眼

我多麼希望，你能不要太慌忙。
海日汗，在我們的生命深處，有些記憶的累積與速度無關⋯⋯

海日汗：

你大概不會相信，在網路通訊如此頻繁便捷的時代，還有人在用紙和筆來寫字。

是的，我就是這個現代版的「山頂洞人」，眼前正在一個字一個字地給你寫信呢。

海日汗，我不會使用電腦，一直到今天，我所有的稿子和信件都還是手寫的，是純粹的「家庭手工藝」。

（插播一則真實笑話：平日通訊，雖然也使用傳真機，但是，前幾天很想去電信局發一封賀電給我的鄂溫克朋友，才知道，原來所謂的「電報」業務，電信局早就撤銷了！）

時代的巨輪不斷地滾動，我追趕不上。

不過，從來不會上網的我，如今竟然也有個「席慕蓉官網」了。

這都要感謝出版社的好心好意，還有婉菁、鳳剛和文玲幾位年輕朋友的幫忙。

如你所見，這個網站裡現在除了放進去的書目和年表之外，就是我開始慢慢一封又一封寫給你的信。

信寫得實在緩慢，只因為心中的頭緒太多，想要說的話也太多，一時之間，反而不知道該從何說起。

這種翻騰的感覺，也許可以用我在薩拉烏素河河源所見的泉眼來形容了。

在第二封信裡，我已經和你談到了薩拉烏素河，這條在人類考古學界裡赫赫有名的河流，在河源處其實非常柔美而又平靜。

那天，我們遠遠眺望了彎曲度非常驚人的大溝灣之後，朋友帶我走下另外一個方向的狹窄山路，來到一處鋪滿了綠草的谷地。細細的

河流從芳草叢中慢慢流過，河岸兩邊，有大小不等的幾處圓形的小水窪，它們周圍的草色特別綠，這些濃綠的草色逐漸延伸成為一條濃綠色的細線，在這條細線底下其實就是涓涓的水流，最後注入河中。

如果我能凌空在河流的上空拍攝的話，你就能看見這些小水窪很像是孔雀尾巴上的圓眼睛，塗著深色的眼影，眼尾拖著一條細細的長線與河流本身相連。

不過，無法飛上天空的我，卻看到另外一個奇妙的景象。

朋友把我帶到其中一個小泉眼的旁邊，她說：

「讓我們先打個招呼吧。」

話剛說完，她就微微俯身向前，正對著圓形水窪的中央，大聲呼喊起來，說的可是我很熟悉的一句蒙文：

「您好嗎？」

原本是極為平靜的小水窪，水面有了些微動蕩，我初始還不以為意，直到另外一位朋友要我再仔細看一下水底動靜，我才發現，水底的沙層已經全部翻滾了起來。

正在驚嘆之際，剛才在大聲喊叫的那位朋友又開始跺起腳來，邊跺還邊用蒙文對著小泉眼說：

「我們今天都很快樂，您也快樂嗎？」

大家當然都知道，這是聲波加上震波所造出來的效果。但是，眼看著這小小的水窪在瞬間有了反應，水底的沙子幾乎像是沸騰了一樣不斷翻滾，我們也不禁真的喜笑顏開了。

對於這一汪小小的泉眼來說，我們的呼喊和跳動也許並不陌生。也許，就在百年、千年，甚至好幾萬年以前，早就有人和她玩過同樣的遊戲了。

而在她心裡深藏著的記憶，在被觸動著的那一刻，會是怎樣的千頭萬緒、泉湧而出呢？

海日汗，我們的先祖，阿爾泰語系民族的先民篤信薩滿教，相信萬物有靈。

我也相信，一條河流、一汪泉眼，想必也會有怎樣也說不完的故事吧。

2007年的夏秋之間，我就順著薩拉烏素河漫遊，跟著朋友，在內蒙古的鄂爾多斯高原上到處行走。

有一天，原來預訂要早早去拜訪一位朋友的，車子卻在沒有任何指標的茫茫曠野上迷失了路途。

真的是沒有指標，也沒有人跡，只能靠著下午的陽光來辨識方向。等到最後終於在這位朋友的家門前停下的時候，太陽也剛好落在地平線下。

主人開門時，雖是面帶笑容，語氣卻帶著些詫異：

「不是說昨天來的嗎？怎麼今天才到？我們昨天殺了羊、煮好肉等你們的。」

居間聯絡的朋友不禁笑開了，連聲道歉。原來，這位仁兄不單是忘記了路徑，還記錯了時間。

可是，有什麼好埋怨他的呢？畢竟到了最後，他還是達成任務，把一車人都安全地運送到這位朋友的莊園裡了。

等到吃完晚飯，老的小的都各自回房安歇之後，只有主人和我，以及這位熱心帶路的朋友，三個人坐在客廳裡閒談。

談的內容，總是離不開這片土地，以及這片土地的前途。

夜深之時，忽然下起雨來，雨勢還不小，並且久久不止。

對於乾渴的土地來說，這是一場期盼已久的喜雨，而對於圍坐在桌前的三個剛剛才認識的朋友來說，這個夜晚也是期盼已久的相逢。

我坐在屋裡，一面聽著淅瀝的雨聲，想像著屋外那濕潤了的大地

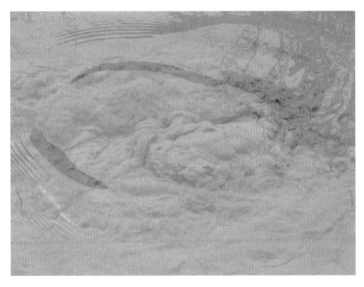

的喜悅，一面聽著兩位朋友間溫暖的對話，覺得心裡有種非常平安的歸屬感，希望可以就這樣一直聆聽下去。

不過，當然，再美好的相聚也有結束的時刻。當我們互道晚安準備就寢的時候，我心裡忽然有了一種想法。

這個夜晚的相聚，其實也是一汪泉眼，在我們的生命河流裡注入純淨的記憶。

但是，在這個夜晚之前，恐怕還是需要先有跋涉、迷途、失誤，以及一處無垠的曠野來作序幕，才可能襯托出這次相聚的平安與寧靜了吧。

你同意嗎？海日汗。

我越來越沉迷於那一種無止境的千里跋涉，因為，你能感覺到的，除了空間的廣，還有時間的深。在跋涉的當時，你才能明白，自己的存在是何等的渺小，甚至不如螻蟻。

鄂爾多斯高原就是這樣一處又廣又深的迷人地域。

海日汗，她不僅只是蒙古人的家鄉，她還是人類最古老的原鄉之一。

她的部分岩層，已經可以確認是古老地殼的殘跡，可以上溯到三十六億年之前，是地球上最原始的「古陸」之一。

然而，在蒼茫的時空轉變之中，她也曾經有一億年的時間，沉在水底，淪為「古海」。

之後，古海又時時轉為古陸，升升沉沉，忽濕忽乾；物換星移，忽暖忽寒。這一片土地因而得以累積了無數的生物化石，從三葉蟲到珊瑚，從恐龍到三趾馬到大角鹿，完完整整地記錄了地球古生物演進的生命史。對於學者們來說，這是一處天然的博物館，也是研究古生物的聖地。

而我們人類最初的蹤跡又在何處呢？

海日汗，你可能常常會聽見或者讀到這樣的一句話——

「沿著河邊走去……」

是的，海日汗，如果要去追尋人類最初的蹤跡，我們總是要沿著河邊慢慢走去。

我會想念那一條河，薩拉烏素。

我也想念河岸上那一汪又一汪的泉眼，和在泉眼深處應和著我們的呼喊而翻騰不已的記憶。

那該是多深又多麼長久的累積？

海日汗，現在有了網路通訊，我寫給你的信會比「朝發夕至」還更要迅速。可是，在每一封信裡，我所取得的經驗，乃至於想要向你描述的種種感覺，卻還是必得要先經過漫長的跋涉與等待，必得要先將自身安安靜靜地佇立於無垠曠野，才有可能說出來的吧？

這個世界如今是走得越來越快了，我不知道你會怎樣去走你的路，而我多麼希望，你能不要太慌忙。

海日汗，在我們的生命深處，有些記憶的累積與速度無關。請你一定要記住，海日汗。

祝福。

慕蓉　2008年8月11日

曠野日暮　額濟納旗 2007．9

4 時與光

那個時候，世界那麼新，時間又那麼長，
對於初民來說，要如何來安頓自己呢？

海日汗：

我的前幾封信，想你應該都已收到了吧。

在這封信裡，隨著文字，會有幾張小小的插圖，有點像是在看圖說故事了。

其實，我真正想跟你說的，是我的心情。

先從西元2000年的秋天說起。

那一陣子，我人在內蒙古阿拉善盟的北邊。有天清晨，車停在戈壁灘上稍作休息，我走下車來活動一下，才剛在幾步之外站定，準備往四周觀看的時候，赫然發現，就在我視線的正前方，圓圓滾滾面對著我的，剛好就是一輪金紅色的初昇的旭日。

旭日初昇，金紅溫潤。

在我眼前，天空是以萬里又萬里的距離來向周圍無限擴展的，而且沒有一絲雲彩，純粹是一色的灰藍；在它之下的戈壁灘，也是以萬里又萬里的距離往遠處不斷延伸的，並且除了無數大大小小的礫石之外，也沒有一株看得見的草木，整片灰黃的大地上，只有些礫石發出帶著金屬質地的碎裂的反光。

天地玄黃，宇宙洪荒。

在這片巨大無比又空曠無比的空間裡，只有一輪圓到不能再圓的紅太陽，端端正正地懸掛在平到不能再平的地平線上……

這就是第一張圖：

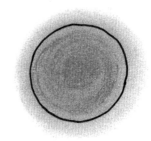

可是，海日汗，此刻我以平面的圖像呈現給你的，幾乎就是幼稚園的孩子畫出來的畫面，並且筆觸還沒有幼兒的稚拙之趣，太呆板了。

　　所以，我要在這張圖裡再加上一個小小的黑點，向你標明我當時所處的位置，或許，你就比較能設身處地去感受到我心中的震撼了。（雖然，我所標示的這個黑點，對照實際的比例，恐怕還不夠細小。）

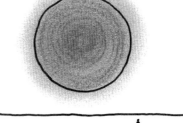

　　這就是第二張圖：

　　當時的我，與周遭天地的比例，甚至渺小到不如螻蟻。而眼前的太陽如此溫潤、溫暖，甚至好像有著呼吸有著表情，吸引住我所有的注意力，到了最後，一切都退下、淡出，整個空間裡只剩下它與我互相對視……

　　這段時間也許只有一、兩分鐘，但是又恍如一世。

　　當旭日的顏色從原本溫和的金紅變成刺目的熾白之時，我的眼睛當然就不得不避開了，可是，我的心裡還在不斷地反覆著一句話：

　　「原來，世界就是這樣開始的！」

　　原來，世界就是這樣開始的。

　　是的，海日汗，在初民的眼前，在初民的心中，日復一日，世界就是從這樣巨大而又單純的畫面不斷開始，而所有的崇拜和依賴也由此慢慢萌發。

　　那個時候，世界那麼新，時間又那麼長，對於初民來說，要如何來安頓自己呢？

總得給自己找個支點吧。

所以，有了第三張圖：

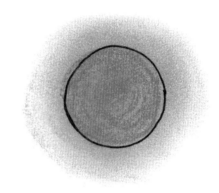

不用任何的解釋，我們
都能明白，這就是太陽，是給
我們光明與溫暖的主宰，是我
們崇拜與依賴的對象。至於以
後有人在圓圈的中間點上一個
點，或者刻上擬人式的眼睛、
鼻子和嘴巴，或者又在圓圈的
周圍刻上許多長長短短的線
條，來象徵四射的光芒等等，
都是逐漸增加的變化。我們在
許多岩畫裡（譬如賀蘭山岩
畫）都能見到，這不在我今天
要說的範圍之內。

海日汗，我今天想說的是
另外一種變化，請你看第四張
圖：

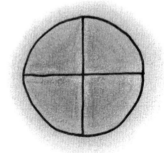

多麼聰明的一個人！他能
把太陽的光芒，以如此簡單的十字形線條，從中間顯現，毋需任何多
餘的筆觸，其實是很不容易的發想。

簡單而又精準，是許多藝術家、文學家甚至科學家想要達到的目
標吧。

甚至詩人（不，我應該說「有些詩人」）也想要如此完成他的一

首詩。

　　而詩總是從詩中再生發
的。

　　有一個更聰明的人出現
了。他看見了第四張圖，但
是，他覺得這張圖只能說明太
陽存在的一種靜態的形象，而
在真正的本質上，太陽其實是
不斷在移動著的，這「移動」
本身，要如何表達呢？

　　於是，有了第五張圖：

　　是的，海日汗，他只是將
圓周的邊緣擦去了四個小段而
已，這個太陽就動起來了，很
了不起吧？

　　另外，我不知道是不是
同一個人的作品，（如果是的
話，就更了不起了。）我只知
道還有另外一張圖，轉動的方
向剛好相反。

　　這就是第六張圖：

　　我的深研薩滿教文化的朋友尼瑪，他告訴我說，在蒙古的薩滿教
裡，第五張和第六張圖裡的形象，除了代表太陽和月亮之外，也分別
代表父親與母親。

我聽了深受感動，覺得很歡喜。所以，在去學校裡演講的時候，偶爾會把這兩個圖形畫在黑板上，當作送給在場同學們的禮物。

　　有一次，一位朋友警告我說：

　　「可是，席慕蓉，這兩個符號我在兩河流域的文物裡也見到過……」

　　我明白他的好意，意思是說我別太張狂，把什麼好的東西都收攬進我的「關於蒙古高原」的寫作或者演講裡面去。

　　可是，海日汗，我從來不敢認為這些是蒙古高原所獨有的。我想要表達的只是，當許多古老的文化都已經成為書面的紀錄之時，在今天的蒙古高原之上，它們其中有些精華還活在牧民的信仰裡。

　　無論如何去回溯，我們其實永遠不能清晰重現那些曾經何等熙熙攘攘互相擦撞過的古老文化，以及那些眾多的此消彼長的古老民族所留下的蹤跡。

　　隨便翻開任何一本有關於歐亞草原文化的歷史著作，其中文化面貌的色彩繽紛以及傳播途徑的錯綜複雜，真是令人難以想像啊！就像是第一次置身於紐約或者東京的繁華地段的目眩神迷一樣，只不過是當年的路程更遙遠一些，而動作更緩慢一些而已。

　　今日我們用兩百年時間所造成的繁華，當年所需要的可能是兩萬年吧？

　　我們的歷史教科書其實還不能算是一個篩子，更不能說是一張濾網。所以，我們的教材並不能被界定為是經過篩選或者過濾了之後的「精華」。

　　多可惜啊！有這麼多美好的事物都被遺漏或者被錯置了。

　　就譬如第六張圖，如今我們一般人對它的認識，就只是代表「納粹」的符號。

　　怎麼會變成這樣？我也得去問老師。我的王老師告訴我說，希特

勒當年的口號是要恢復古羅馬帝國的光輝，所以從羅馬文化裡找到許多象徵的符號，這個標幟就是其中之一。

　　曾經那麼美好的形象卻在這裡被玷污了。

　　幸好，第五張圖在佛教裡還繼續發揮著它的影響，代表著光明與光耀。而且還有更深沉和更美麗的解釋，就不是粗淺如我所能代言的了。

　　海日汗，我真正想要去做的功課，是想在家裡找到一面空白的大牆，畫上一張很大很大的世界地圖（當然只用最簡單的線條）。然後把書上所寫的那些古老文化裡的眾多古老族群所在的處所，以及遷徙的動線都細細地標註起來。

　　如果可能的話，我還想把他們之間有些相同或相似的圖像作個記號（譬如這兩輪光輝的圓、生命樹、祭壇，甚至賀蘭山口的一張人面岩畫如何會跑到南美洲的山壁上去了等等的現象），不為什麼，只為了自己深深的喜悅，更為了擴充自己的胸懷。

　　海日汗，人當然需要教育方能成長。但是，如果這個教育到了最後變成只是填塞、壓縮、限制、扁平的分類，以及壁壘分明的敵我關係之外，別無他物。那麼，我們要如何來安頓自己呢？

　　「文明」到了這個地步，或許比「洪荒」更荒蕪了。

　　而時光依然在往前轉動，身為現代人的我們，什麼又是可以去崇拜和依賴的支點？

　　寫到這裡，信又長了。

　　海日汗，我還想讓你看一張圖，就是金沙遺址裡的這一件金器：

　　考古學者給它命名為「太陽神鳥金飾」。是極圓極薄的金片，中間是一輪順時鐘方向旋轉、有著十二道光芒的太陽。在它周圍，有四隻飛行中的鳥的側面身影，以逆時鐘方向繞行太陽成為外圍圓環的圖樣。相對的兩股力量，使得所有的線條都充滿了一種生生不息的強烈動感。

　　我是在2006年的十二月初到了這個遺址附近的，那時博物館還沒蓋好，我們只能在展示館裡看到這件金器的圖片。導覽的小姐對我說，可惜這片金器沒有文字。

　　我倒覺得，這件三千年前的作品，本身就是一首詩，一首讓我覺得極為圓滿、卻又對這不斷逝去的圓滿覺得極為悲傷和無奈的詩。

海日汗，請努力把握住我們眼前的時光吧，莫把這一切消耗在無謂的仇恨和爭吵之中。

　　祝福。

慕蓉　2008年10月13日

　　附註：
卍與卐這兩個符號的歷史，可以上溯到新石器時代，在許多古老的文化中都有它們的蹤跡。在印度教裡，它們也是分別代表父神和母神的力量。

阿拉善盟的巴丹吉林沙漠　2005・10

5 回音之地（一）

我彷彿聽見茫茫四野
響起無數的呼喚和應答……

海日汗：

又是許久沒給你寫信。

這日子過得未免太快了！

最近，北京作家出版社同時出版了我的兩本散文集，《追尋夢土》和《蒙文課》。內容是我以「原鄉書寫」為主題的文字和攝影，兩本書加起來有五十多萬字的篇幅，或許可以稱之為我在原鄉行走了二十年的心得報告吧。

海日汗，你看，日子過得多快！

今年是2009，離我初見原鄉的那一年（1989），竟然已經是第二十個年頭了。

想一想，這二十年的時間，是足足可以讓一個初生的嬰兒長到成為二十歲的青年呢！

一個現年二十歲的人，如果是在正常的教育體系求學的話，那麼，他現在可能正在大學二年級裡讀書，也正在一篇一篇的寫他的讀書心得。

我真的覺得，這二十年來，我在自己的原鄉大地上行走，那成長和學習的過程，好像也是如此。

對原鄉的認知，在最初，只是一種直覺的需求，是從血脈遺傳下來的渴望而已。

所以，最初那段年月，我只能是個嬰兒。我哭、我笑、我索求母親大地的擁抱，那種獲得接納、獲得認可的滿足感，就是我最大的安慰。

但是，又過了幾年，我的好奇心開始茁長，單單只是「認識家園」這樣的行為已經不夠了，我開始從自己的小小鄉愁裡走出去，往周邊更大的範圍去觀望去體會。

然後，我開始進學校讀書了。我的老師就是和我在長路上同行的朋友，還有他們慢慢引導我去認識的每一位智者與長者。

　　海日汗，文化的載體其實是我的每一位族人。他們有人向我展示的是從書本裡求得的智慧，有人向我展示的卻是從大自然裡求得的智慧，那真是苦口婆心的教誨啊！

　　可惜的是，由於我自己的前半生沒能在蒙古高原上生活，所以既不通母語，又不識自己民族的文字，在學習成績上一直不夠理想。到今天，應該還是有許多紅字在成績單上。所以，如果不趕快交出這兩本散文集的話，恐怕就要被老師和學校以「學習不力」這樣的理由開除學籍了。

　　二十年的課程，當然會有許多不同的觸動，不過，今天的我，特別想說的是這一句話：

　　在蒙古高原之上，歷史從未遠去。

　　是的，在這片土地上，你總會聽見無數親切的呼喚，以及無數親切的應答。

　　在最初那幾年，我還處在「嬰、幼兒」的狀態之時，雖然已經聽見了，卻是聽而不聞，既不解其意，也沒有特別留心。

　　但是，呼喚恆在。

　　慢慢地，我好像開始明白，那些呼彼應的輕柔召喚，其實就是從歷史與文化的帷幕深處傳來的源源不絕的回音。

　　要怎麼解釋呢？

　　海日汗，在這封信裡，我想舉哲別將軍的蘇力德來為你說明。
　　哲別將軍是成吉思可汗的愛將，大蒙古帝國開國的元勳之一。

但最初的時候，他曾經是可汗在戰場上的敵人。

戰敗之後，他跟隨著可汗的恩人鎖兒罕‧失剌（在可汗少年被囚時救助他脫險的恩人）前來投靠成吉思可汗。

在《蒙古祕史》第一百四十七節裡，有段很精采的描述：

成吉思可汗又說：「在闊亦田作戰互相對峙，持械待發之際，從那山嶺上射來一支箭，把我那匹披甲的白口黃馬鎖子骨給射斷了。是誰從山上射的？」對這句話，者別說：「是我從山上射的。如今可汗若要教我死，不過是使手掌那麼大的一塊土地染污。若被恩宥啊，願在可汗面前橫渡深水，衝碎堅石。在叫我前去的地方，願把青色的磐石給你衝碎！在叫我進攻的地方，願把黑色的磐石給你衝碎！」

成吉思可汗說：「凡曾是對敵的，都要把自己所殺的和所敵對的事隱藏起來。因懼怕而諱其所為。這個人卻把所殺的所敵對的事不加隱諱告訴我，是值得做友伴的人。他名字叫只兒豁阿歹，因為射斷了我那披甲白口黃馬的鎖子骨，就給他起名叫作者別。教他披起鎧甲，名為者別，在我跟前行走！」這樣降下了聖旨。這是者別從泰亦赤兀惕前來，成為可汗伴當的經過。

那年是1201年，從那年之後，勇者哲別（者別）果然實現了他的承諾，為可汗作先鋒，征戰無數，成為締造蒙古帝國的元勳之一。

而到了1219年，可汗率二十萬大軍西征花剌子模，哲別更是最先鋒，為大軍橫刀斷水，逢山開路，展開了史無前例的復仇行動。

在一路追擊和搜索敵蹤之後，他和另外一位將軍速不台，還率領了一小部分的軍隊繼續北進，用了三年的時間，走了大約五千公里的行程，打通了高加索，橫掃了欽察，再擊潰了南俄羅斯的聯軍，完成了戰略偵察的任務。

蒙古國烏蘭巴托市慶祝大蒙古國800週年會場。　2006‧7

　　可是，英雄再無敵，卻敵不過命運的無常。

　　在凱旋回國的路上，哲別將軍卻因病而辭世了。蒙古帝國迎回來
的是他的鞍上空空的戰馬，以及由他的部族也是部下的伯速特人所帶
回來的戰旗，哲別大將軍的「阿拉格蘇力德」（蒼纓蘇力德）。那年
是1224年。

　　「蘇力德」譯成漢文，學者是用「纛」這個字作為代表的。

　　海日汗，在此，也許要先請你看兩張圖，一張是2006年，在烏蘭
巴托慶祝大蒙古國八百年時展示的「察干蘇力德」（白纛）。

　　這九腳白旄纛（又稱九鼎白旗）是大蒙古國的國旗，象徵國家的
安定與平和。

在阿拉善盟北部的岩畫　2007・9

　　再請你看另外一張圖，是在阿拉善盟遇見的岩畫（年代雖然還不能確定，不過我想應該是不會早過1206年）。這上面有兩位戰士騎在馬上，舉著「蘇力德」。

　　雖然岩畫上的旗纓並沒有塗成黑色，不過，蒙古人征戰之時，所舉的一定是「哈喇蘇力德」（黑纛），也就是象徵軍威的軍旗。

　　成吉思可汗有他自己的「鎮遠黑纛」，每一位將軍也都有自己的戰旗，哲別大將軍的戰旗，蒙文稱作「阿拉格蘇力德」。

　　在我們古老的薩滿教信仰裡，英雄死後，靈魂不滅，成為他的部族的保護神。而那永恆不滅的英靈，就盤桓在他的蘇力德之上。

　　哲別將軍的阿拉格蘇力德，幾百年來，也歷經滄桑。

原本是供奉在大蒙古帝國的廟堂之上，到了元朝傾覆，帝國飄搖之際，也是供奉在北元可汗的一代又一代的朝廷裡，一直到了最後的一位可汗林丹汗在位的時候，備受後金的壓力，為了準備復國的武力，整個朝廷往西向青海出發，行動開始的那年是1627年。

　　經過鄂爾多斯高原，後面的追兵已經逼近。1634年，為了斷後，就把英雄後裔伯速特部這一支隊伍留在烏審旗，從此，他們所供奉的哲別大將軍的軍旗也就留在烏審旗了。

　　即使最後林丹駕崩於甘肅（一說青海），可敦（皇后）攜皇子降於清，伯速特部眾仍然隱身存活於烏審旗，或農或牧，或者從事任何可以營生的行業，從明到清到民國一直到今天，默默地生活，默默地傳延著後代，卻代代都不曾忘記，要依著祖先傳下來的規矩來供奉和祭祀阿拉格蘇力德，因為那是英雄的靈魂所屬的永恆居所。

　　縱使百般艱難，對阿拉格蘇力德的祭祀，幾百年來都沒有停止過，一直到遇上了文化大革命。

　　那是難以想像的瘋狂和暴烈的漩渦，眼見著聖地伊金霍洛（成陵）都被搗毀。當時伯速特部裡的主祭者是諾爾吉德老人，他趁四下無人之際，把阿拉格蘇力德用毛氈包裹起來，然後再深埋在地下。十年動亂中，老人嚴守祕密，除他之外，沒有一個人知道蘇力德的去處。

　　老人自知來日無多，所以，最後，他還是告訴了自己的孩子仁慶。他還說，要耐心等待，等待可能會來到的安定歲月，到那時候，一定要把英雄的蘇力德重新矗立起來，同時萬萬不可荒廢了祭祀的規矩。

　　老人有一位出色的好兒子！

　　文革之後，仁慶先生遵照父親的遺囑，果然找到了深埋在地下多

年的蘇力德。

1983年，先是搭建了一座氈房供奉，然後這麼多年以來，他都是節衣縮食，竭盡自己的精力與財力，建立了一座祭祀廳堂，並且逐年修繕，務期盡善盡美。

海日汗，我是在2007年的九月，見到了這一座祭祀廳堂的。

我必須坦白地告訴你，眼前這座建築，用「祭祀廳堂」的標準來說，規模未免太小。如果有一群觀光客特意來參訪，那麼，他們一定會非常失望。

但是，如果是一個帶著信仰的蒙古人前來，終於面對著屹立了八百年的英雄蘇力德的時候，他心裡的震撼會有多強烈！

海日汗，我不會在這裡向你展示阿拉格蘇力德的相片。因為，第一，這是不合規矩的行為。第二，八百年的風華與滄桑，更是遠遠超過了一張相片所能呈現的厚度和深度。

誰說歷史只是昨天的事，它明明就站立在我的眼前，就跳動在我的心中。

海日汗，我的心真是跳動得很厲害，那是一種帶著懼怕的敬意，又是一種帶著歡欣的孺慕……

原本只是歷史課本上的一個名字。但是，藉著在風中微微飛揚的旗纓，藉著我們祖先在《蒙古祕史》裡留下的形容，藉著伯速特部一代又一代維護下來的信仰，這個名字就有了生命，有了千古不滅的靈魂。

站立在原鄉大地之上，仰望著歷經滄桑的英雄蘇力德，我彷彿聽見茫茫四野響起無數的呼喚和應答，所有的昨天都從四面八方奔赴前來，親切而又熱烈地進入我的心中。

我彷彿聽見年輕的神射手對著可汗宣示：「我願意永遠在可汗的面前為你作先鋒。我願意為你橫渡兇惡的深水，我願意為你衝碎前路

上一切的障礙。」

我也彷彿聽見可汗喜悅的回答：「這樣難得的年輕勇士，請披起鎧甲，跨上駿馬，從今以後，以哲別之名，加入我的隊伍吧。」

「哲別」這個名字，譯成漢文，就是「箭鏃」，也就是一支箭的尖端那金屬的部分。然而，在烏審旗的伯速特部人說，「哲別」在蒙文裡作為一個名字的真正的含意，應該是「勇往直前的離弦之箭」的意思。

勇往直前的離弦之箭！

海日汗，這是多麼好聽的名字！英雄在這個名字裡，以更清楚更鮮明的面貌來與我們相見，我們還怎麼能說「歷史」都只是已經消逝了的昨天？

海日汗，你是怎麼想的呢？

祝福。

慕蓉　2009年5月17日

仁慶先生以鐵匠專業所製作的大門。　烏審旗2007‧9

6 回音之地（二）

在山丘上長滿了艾草的地方喲，
是我的故鄉……

海日汗：

一直覺得寫信給你，是我目前生活裡極為重要的事，我必須謹慎下筆。

如果要盡量向你真實地反映事件現場，那麼，凡是屬於往日的時空，我就要小心地去向歷史書冊裡求證；（海日汗，以我的能力，當然不能做到像學者那樣的深入或廣博，不過，即使只能給你極為表淺的那一點點的提示，也必須符合史實。）而凡是屬於此刻生活著的周遭，最好就是能找到一位當事人，由他親口講述自己的經歷，我只負責記錄，最後由你這讀信的人來作判斷，應該就是最理想的狀態了。

所以，我今天這封信本來是寫來向你認錯的。我要告訴你，上封信裡所用的部分資料，與真實的情況有些出入，要在這封信裡更正。

可是，雖然是犯了錯，此刻為這個錯誤向你道歉的我卻並不懊惱，反倒是帶著歡欣鼓舞的心情。

只為，我終於見到仁慶先生本人了，而在他的親口述說裡，讓事件真相得以還原，讓我得以及時修正上封信裡的錯誤。

還有什麼比這更快樂的事呢？

仁慶先生是哲別將軍的阿拉格蘇力德的現任祭祀者。2007年九月，第一次去拜訪他的時候，仁慶先生剛好不在，朋友與他通了電話，仁慶先生說自己身在遠地，一時趕不回來。

所以，那天，在阿拉格蘇力德的祭祀地，我只匆匆拍了幾張相片，又抄寫了祭祀廳堂牆外所立的簡述文字，然後就往別的地方去了。

鄂爾多斯高原是個充滿了歷史古蹟的寶地，有許多精采的目標在吸引著我，所以，後來就越走越遠，沒有再回過頭來找他。

再回來已是2009年的六月一日了。

（是的，海日汗，離我寫這封信的時間，不過是半個月以前。）

仁慶先生在阿拉格蘇力德的祭祀廳堂之前。 2009．6

　　回來的原因之一，就是想聽仁慶先生親口講述他自己的故事。

　　在上封信裡，我所寫的有關於哲別大將軍的阿拉格蘇力德的種種史實，大部分是從歷史書裡以及在祭祀廳堂牆外的簡介文字中得來的資料，這些應該沒有什麼疑問，不用再去追究。

　　我唯一想要向仁慶先生求證的，就是關於他的父親諾爾吉德老人，這位上一任的祭祀者，是在什麼時候才把埋藏阿拉格蘇力德的祕密地點告訴了自己的兒子，以及，當時又是如何囑咐他的呢？

　　雖然這些經過，在我抄來的簡介文字中都略有提及，不過，我還是希望能從當事人口中多知道一些細節。

　　年邁的父親是如何把希望寄託在兒子的身上？

　　他又是怎麼向兒子開口的？

　　想不到，仁慶先生卻這樣回答：

　　「把阿拉格蘇力德埋起來的事，是父親帶著哥哥和我，我們三個

人一起去做的。

「那是1966年的春天，文革已經鬧起來了（文革開始於1966年
五月十六日）。到處都在砸東西，說是破四舊，連碗都砸碎了，什麼
都沒了！

「有天上午，一群人帶著棍棒和斧頭，擁到阿拉格蘇力德的祭
祀點上來，也是又打又砸了一頓，算是警告吧，然後又一窩蜂地走開
了。

「那個下午，父親把阿拉格蘇力德從傷痕累累的柏木旗竿上取下
來，用浸過桐油的油氈布包裹好了，就帶著哥哥和我，往沙地裡走了
進去。

「那時，我們家住在烏審召鎮的西邊，荒郊野外，四下無人。父
親找到了一處沙堆，就把懷中抱著的阿拉格蘇力德放在地上，然後，
我們三個人一起，對著阿拉格蘇力德跪了下來。

「父親那年已經八十多歲了，他在埋藏蘇力德的當時，並不知
道以後還有重新再拿出來的可能。所以，他是以為自己是在埋葬這家
族世代祭祀了多少年的神物。他對著蘇力德一再磕頭，一再致歉，他
說：『是國家不准我們再祭祀您了，因此只能把您收起來葬在這裡。
請您原諒，實在是國家不准我們再繼續祭祀您了啊！』

「我們把包裹著油氈布的蘇力德深深地埋進沙中，也記住那個沙
堆的方位。

「父親在離開之前，又跪下來，對著表面上已經毫無痕跡的埋藏
之處說了幾句話：

「『請您原諒我們的不得已，請您原諒我們的苦處。今日把您埋
葬在這裡，等我死後，我會讓我的孩子也把我埋葬在您的腳下，在西
南角最最卑微的角落裡來陪伴您吧。』

「我聽見父親的說話了，心裡想，那麼，等我以後死了，我也要

讓我的孩子把我埋在父親的西南角，來陪伴父親，陪伴哲別將軍的阿拉格蘇力德。

「我們是把包裹好了的阿拉格蘇力德平平地擺放進深穴之中的，然後上面再用沙土堆平，表面上什麼都已經看不見了。可是，為什麼我的心裡卻好像一直還看得見似的？

「那天晚上，我又找了一輛馬車，到祭祀地去把馱旗的石龜給運了回來，藏在家裡的柴堆下面。石龜身上，不知給什麼人砸了一刀，留了個印子，其他都還算完好。

「我是屬虎的（1938），那年虛歲二十九。哥哥潮洛濛屬牛。我們的母親那時已經過世了。

「父親是在七十年代逝去的，享壽九十高齡，是自然死亡。我們遵從他的遺囑，把老人家葬在阿拉格蘇力德的西南角。

「1980年，文革已經過去了（文革在1976年十月六日結束）。好像許多事情都慢慢在恢復，我的心裡也在想，應該是可以把阿拉格蘇力德再重新起出來了吧？

「哥哥在呼和浩特城市裡生活，所以，我是一個人往沙地裡走去的。可是，第一次去尋找，卻怎麼也找不到了。

「高高的作為指標的沙堆還在，祈禱的儀式也都一如舊規，但是，無論怎麼在周圍翻尋都找不見。

「想著也許是無望了。就暫時停止這尋找的行動。

「可巧那一陣子，我的妻子常常生病，必須出去看醫生，慢慢就聽說了在巴彥諾爾盟那邊，有位喇嘛很有法力，就去求他指示。

「這位喇嘛法號是什麼我已經忘了，只跟著別人稱他『三喇嘛』。

「去見了三喇嘛，說明了來意，想不到他竟像親眼見到似的那樣告訴我：

「『沙堆再大，也是會隨著風向而移動的。北風這麼長年累月地吹著，原先的沙堆一定往南移了。所以你要逆著風往北方再去找，阿拉格蘇力德還在原處，就在一指深的沙子裡埋著呢。』

　　「我回去沙地，燃起了杜松（沙地柏），誠心誠意地祈禱，唱起了〈蘇力丁桑〉（蘇力德的贊歌）……

　　「果然，就像三喇嘛親眼所見的一樣，祈禱之後，我在離沙堆稍遠的北面，在一指深的沙子之下，起出了用油氈布包得好好的蘇力德！那個感動，那個快樂啊！別提有多大多高了！

　　「我記得，也是個春天。小心翼翼地打開油氈布，陽光照過來，阿拉格蘇力德的黑白夾雜的蒼纓，還閃耀著像絲線一樣的光芒呢。

　　「阿拉格蘇力德的纓穗，必須用公的海騮馬的鬃毛來做。海騮馬是身白而鬃黑，但是並不是純黑，在黑鬃毛裡總會摻雜些白的，所以才叫做阿拉格蘇力德（蒼纓）嘛。」

　　仁慶先生一口氣說到這裡，微笑著停了下來，好像還陶醉在1980年那個春天的狂喜之中……

　　急著求朋友給我翻譯，聽了之後，我又急著求他再講下去，講仁慶先生當天是怎麼把阿拉格蘇力德給運回來的？

　　「啊！很簡單。我把蘇力德用油氈布重新包好，就放在我的腳踏車上，固定好了之後，就一路騎著車一路唱著歌往家裡奔回來了。」

　　還記得當時唱的是什麼歌嗎？「記得！是〈阿給圖陶勒蓋〉。」

　　旁邊的朋友有人就笑了，他們都知道這一首鄂爾多斯的古老民謠，有人開始唱了起來：

　　在山丘上長滿了艾草的地方喲，是我的故鄉；
　　像神佛一樣保佑我成長的人啊，是我的爹娘。

仁慶先生也微笑著輕聲應和，在這一刻，如果有任何人走了進來，恐怕都會認為這應該只是親朋間一場輕鬆的聚會罷了。

　　可是，海日汗，對於我來說，這卻是一次前所未有的心靈洗禮。

　　我所面對的，是何等的人物啊！

　　他身為亂世中的傳奇卻絲毫不自知，身為捍衛歷史傳統與族群信仰的關鍵卻絲毫不居功。

　　海日汗，在這封信裡，你也可以看見我給他拍的相片。站在自己竭盡全力、胼手胝足所建造起來的祭祀廳堂之前，仁慶先生所顯露出來的卻是極為謙和甚至有些謙卑的笑容。

　　他先前自我介紹時說，自己只是個鐵匠，沒什麼學識。只是父親生前諄諄告誡，對哲別將軍的阿拉格蘇力德一定要深深信仰、好好祭祀。所以，當情勢容許的時候，他才會去想方設法地把阿拉格蘇力德給重新立了起來。

　　在這一刻，仁慶先生就坐在我的右前方，不說話的時候，面對著眼前這一群陌生的訪客，他的態度其實有些靦腆。天氣雖然很熱，為了慎重，卻還是穿了一件可能是呢料的深色外套，戴著帽子。剛才在講述時比較激動，出汗了，才把帽子摘下來，臉頰還是紅紅的。

　　海日汗，我停下了筆，面對著他，竟然不知道該如何說話。

　　或許，在這一刻，任何話語其實都沒有什麼必要吧。在我們心裡彼此呼應的，不正是那從茫茫四野奔赴前來的親切而又熱烈的歷史回音嗎？

　　海日汗，寫這封信給你的時候，回音仍在，喜悅也仍在。

　　把它們都轉寄給你，祝你平安如意。

慕蓉　2009年6月15日

京肯蘇力德　鄂爾多斯烏審旗2009・6

7 京肯蘇力德

這些人，幾百年來，守著一個聚落，不輕易遷徙；
在這個聚落裡的成年人，更守著一個世代相傳的祕密……

海日汗：

　　這封信拖延得太久，現在，我連「請你原諒」這樣的句子都說不出口了，只好趕快提筆開始寫吧。

　　隨信附上的兩張相片，就是另外一位蒙古帝國開國元勳，屬於木華黎國王的戰旗「京肯蘇力德」的英姿。

　　這兩張相片是非常難得的收穫。因為，拍攝的那天，不知道什麼原因，相機是擺在「手動」的定格上，而我其實是完全不會操作什麼光圈或者快門的。拍攝的當時，我還以為相機一如平日，是以「全自動」的功用在為我服務的呢。因此，等到馬隊消失在遠方之後，低頭檢視之下，才發現自己的疏失，所有的相片都一片模糊，獨獨只有這兩張清晰無比，是我求都求不到的美好效果，真的好像是上天賞賜給我的獎品呢！

　　其實，能夠見到京肯蘇力德，也是出乎我預料之外的機緣。

　　去年（2009）五月下旬，我因為新書出版的簽書會而去了北京與呼和浩特兩地，之後，又南下去了烏審旗。原先只是為了和朋友們再去叩拜一次林丹汗的察干蘇力德（九斿白徽），想不到時機巧合，竟然有幸參加了六月初（陰曆五月十三日）在呼勒慶柴達木舉行的京肯蘇力德祭祀大典。

　　京肯蘇力德，也稱木華黎神矛，而這年年在呼勒慶柴達木的祭祀傳統，據說也已經延續了幾近八百年了。

　　木華黎（Muqali，1170-1223年），是成吉思可汗的愛將，也是大蒙古國開國九鼎之一。可汗冊封他為魯國王，蒙古人民尊稱他為「京肯巴特爾」，就是「真英雄」之意。

然而，海日汗，你可知道，在這個家族裡，英雄並不只是木華黎一個人而已，他的父親、他的兄弟、他的子孫，也都是英雄榜上赫赫有名的人物啊！

　　在這封信裡，我只向你說木華黎和他的父親。

　　木華黎的父親，孔溫窟哇，是蒙古札剌亦爾部人，世居斡難河以東，克魯倫河以北的地帶，位於現今的蒙古國東北部與俄羅斯交界之處。孔溫窟哇一直是跟隨著鐵木真四處征戰，平定了蔑兒乞部，又出征乃蠻部，立下了許多戰功。但是，在一次乃蠻部隊的反撲之下，蒙古軍隊被衝散了，鐵木真和孔溫窟哇一行到最後只剩下七個人，又饑又乏，不得不下馬，在山林中一處水邊暫時歇口氣。

　　史書上說，他們正準備吃點東西療饑之時，不想乃蠻追兵忽然掩至，這時才發現鐵木真的坐騎早已力竭倒地不起了。在這危急時刻，孔溫窟哇催促鐵木真趕快騎上他的那一匹馬，並且強迫大家迅速離去，他自己就轉過身來阻擋追兵。

　　當然，以孔溫窟哇一人之力，無論多麼勇猛也是難以支撐的。但是，也就是這視死如歸的竭力阻擋，使得其他的六個人得以脫險。

　　這英勇的犧牲，不僅是讓鐵木真終生感念，整個蒙古帝國也都感激他。到1321年元英宗在朝之時，還特別下詔追封他為東魯王，諡號宗宣。

　　其實，早在1197年，孔溫窟哇還在世的時候，就已經把他的兩個兒子，木華黎和布合，送給鐵木真在他的身邊服役了。孔溫窟哇有五個兒子，木華黎行三，從小就很傑出。史書上說他「沉毅多智略，猿臂善射，挽弓二石強」。

　　木華黎繼承父志，追隨成吉思可汗征伐，屢有戰功，與孛斡爾出、博爾朮以及赤老溫等四位將軍，被可汗並稱為他的「四傑」。

　　木華黎才智超群，戰功彪炳，四十多年下來，可說是身經百戰，而戰無不克。開國之初，就被封為左萬戶，到了西元1217年，更被可汗封為太師，並為魯國王，可汗詔曰：「子孫傳國，世世無絕。」

　　木華黎逝於1223年，是在攻伐金國之時，渡黃河到今日的山西，不幸病逝於軍中，其後則厚葬於今天的陝西省榆林市境內的京肯敖包，由當地的衛古爾津部承擔守衛陵寢的任務。（後來將京肯蘇力德移至烏審旗。）

　　在蒙元時期，木華黎的子孫們也確實很爭氣，札剌亦爾氏家族可說是「出將入相，簪纓不絕」。

　　但是，百年之間，中原的元朝逐漸敗落，蒙古汗國的政治勢力只能倉惶退回漠北。已經散居在南方的札剌亦爾氏難以追隨，只好為自身安危著想，做了隱姓埋名的改變──明朝初年，札剌亦爾氏留在漢地的子孫，終於改姓為「李」，其意是從「木」從「子」，也就是含有本為「木華黎子孫」的暗喻。這是從孔溫窟哇算起的札剌亦爾氏的

第八代，也是含悲忍淚的「李」姓的第一代，從此天各一方，南北不能相望，舊時王謝堂前燕，遂不得不隱沒在尋常百姓之家了。

海日汗，這本是歷史的無常，一個王朝的起落之間，這樣的悲劇其實所在多有。到了最後，我們常常連一絲絲可以追索的痕跡都找尋不到，最多也只能對著這世間的蒼茫輕輕嘆一口氣而已。

但是，也有令人驚喜莫名的例外，譬如，譬如今天定居在河南洛陽李家營的幾千居民。

這些人，幾百年來，守著一個聚落，不輕易遷徙；在這個聚落裡的成年人，更守著一個世代相傳的祕密，不輕易向外人透露。

從明、清兩朝以下，即使到了民國，到了中華人民共和國，甚至到了二十世紀的最後，這個祕密也從未公開。

孩子們小的時候，長輩會向他說：

「要記住，我們不是漢人。」

但是，如果孩子追問，自己到底是哪裡人？長輩卻又絕不回答，除了這一句話：

「等你長大，我們一定會告訴你的。」

2009年六月初，在木華黎的京肯蘇力德祭祀會場外圍，我訪問到一位李先生，他在洛陽的一個中學裡教歷史。他說，他是到了三十歲的那一年，才到自己的叔叔家裡看到了祖先親自撰寫的家譜，知道了自己真正的身世。

那天，他對我說：

「我整個人好像完全被翻轉過來了似的，從叔叔家出來之後，一個人走在路上，不知道要如何去整理那波濤洶湧的心懷。好像那三十年過慣了的日子，習慣了的思考方式，在這個時候全都亂了，全都不見了，全都派不上用場了……」

海日汗，一個認真教學的歷史老師，卻要到了三十歲的時候才知道了與自己有關的家族歷史，而這個家族，不僅是在蒙古帝國，即使是在世界歷史裡也有著赫赫聲名的英雄家族，竟然是他的先祖，是他血脈裡最親最真切的來處！

海日汗，換做是你，恐怕一時之間也難以承受這樣巨大的撞擊了吧。

然而，在稍稍靜定了之後，那種喜悅，那種自豪以及自省便悄然前來，將他溫柔地擁抱住了。

海日汗，這是人生的至福。

這位歷史老師，從此更認真地研讀歷史，當然，也重新開始用另一種眼光和角度，去研究北方游牧民族的悠長脈絡。

但是，在之後的十幾二十年間，這位李老師最多也只能在書頁間尋找木華黎家族的線索而已，他那時並不知道，就在內蒙古的鄂爾多斯高原上，在烏審旗烏蘭陶勒蓋鎮巴音敖包嘎查呼勒慶柴達木的土地上，衛古爾津部還遵守著蒙古帝國的古禮，以「日供」「四季拜」和「年祭」這樣恭謹繁複的儀式，世世代代在祭祀著木華黎國王的京肯蘇力德。

海日汗，這真是天各一方，世事兩茫茫了，誰能替他們牽線？誰能讓他們見面呢？

要到了2004年，內蒙古電視台對這衛古爾津部的傳統祭祀，拍攝了一個專輯，名稱是「國王的旗幟」。

播出之時，河南洛陽李家營的居民並沒有看到，是李家一個在外地的子孫看到了，真是喜出望外啊！趕快一邊掉著眼淚一邊打電話回洛陽報訊……

海日汗，接下來就是2005年，陰曆五月十三日，由五個成員組成的「河南省洛陽市木華黎後代李氏家族尋根訪祖代表團」正式前來參

加這一年中最重要的祭祀大典了。內蒙古電視台和洛陽電視台都做了現場報導，這一年，李老師也是代表團中的一員。

2009年，我遇見他的時候，這個「尋根訪祖」的代表團成員，已經擴充到四十多位李家人了。

他們帶來了兩份家譜，一份比較古老的，是由札剌亦爾氏第八代，也是改為李姓的第一代住在江蘇松江的李可禮的孫子李年所撰寫的家譜。另外一份則是由住在河南洛陽的李可用的後世子孫李佑勳執筆的，才出版不久。

2009年，我也有幸見到李佑勳老先生，可惜沒能找到機會訪問他。在這裡，我想抄錄他在厚厚的一本家譜裡所寫的一段話：

「至今，蒙裔李氏家族，已在洛陽生息六百三十多年。經歷了明代、清代、中華民國，中華人民共和國四個歷史時期，子孫已衍至三十代（改姓李後二十三代）。人口五千之眾，分居十多個村落。此外，還有許多族人，因工作關係分散定居於全國許多省、市。

「這就是我們家族、從西元十一世紀北方草原的札剌爾氏，到今日中原古都李氏的千年歷史。」

海日汗，祭祀京肯蘇力德的那天，我遠遠看見李佑勳先生站在族人之中，白髮蒼蒼，默然肅立。比他晚一輩的李老師也和他的兄弟子侄們陪立在旁，年幼的孩子們繞著他們正在嬉鬧奔跑；多麼興旺的一個家族，更是多麼堅持的一個家族啊！

海日汗，讓我們來深深地感謝，也深深地祝福這個家族吧。

慕蓉 2010年1月28日

大蒙古帝國800年紀念及蒙古國國慶盛典一隅　烏蘭巴托 2006．7．10

8 我的困惑

如果真的沒有一個朋友看出來這其中的矛盾與錯亂，
恐怕，我們也只能無言以對了。

海日汗：

在前幾封信裡，我總是希望能給你一些比較積極的想法，可是，今天這封信卻怎麼也做不到了，在心裡累積了幾十年的困惑，如今更是找不到解答。

這次的事件，與蒙古高原有關。

原本是很快樂的開始。前幾個月，有位我非常景仰的朋友告訴我，他要出版一本以介紹蒙古高原給社會大眾為目的的普及本，要我幫他去找攝影家提供作品作為插圖，以及要我也寫篇短文放進書中，我都高高興興地答應了。

海日汗，因為我由衷地尊敬這位朋友，我想，他要推出這樣一本普及本，一定會和其他人的看法不同，我多麼慶幸可以為他效勞，在其間做個小小的聯絡人。

想不到，新書出版了，匆匆翻讀之時，我的心一點一點冷去，那在大漢民族知識分子心中對蒙古民族根深蒂固的成見，在這本書中依然存在。

前幾天，我對出版社提出抗議之時，電話那端，負責這本書的編輯非常誠懇地對我說：

「可是，席老師，我們在決定引用這一段文字的時候，真的不知道也不覺得其中有什麼貶抑的意思在啊？」

我相信她的誠懇。我們認識很久了，她的確是位有慧心有才情又極為負責任的編輯，雖然我們走得並不近，可是在許多事情上應該還算是很談得來的朋友。

我也相信，朋友出版這本書的原意絕對是正面的。他一定也不能明白，我怎麼會有如此激烈的反應。

海日汗，怎麼辦？要怎麼向這些朋友解釋，我們心裡所累積起來

的傷痛？

　　從小到大到如今都已老去的我，要怎麼向別人解釋，我這大半生所遇見的那些或明或暗的文字或者話語，將我深愛的蒙古牢牢地置放在千年以來早已僵化、概念化了的形象桎梏之中，是多麼沉重的負擔？

　　說還是不說？還是只舉出一件特別荒謬的實例來？

　　這件實例發生在2001年的秋天，地點在台北外雙溪的故宮博物院。

　　那天，開始的時候我也是懷抱著美好的憧憬，歡歡喜喜地往故宮走去。故宮舉辦〈大汗的世紀〉特展已經有一個星期了，聽說觀眾不少，這次展出的主題是「蒙元時期的多元文化與藝術」。

　　可是，在觀展中路過一處販賣紀念品的櫃台之時，好奇地拐進去參觀一下。一位服務人員手中拿著個小小的博浪鼓向我走近，她一面示範地搖著，一面微笑向我說：

　　「買這個吧，很有趣呢。」

　　我也對她微笑，然後再轉向她手中的玩具，細看之下，我整個人都驚呆住了。

　　這個民間傳統的博浪鼓（還是應該稱作「貨郎鼓」？）是細細長長的竹枝上插著一個小圓鼓，兩旁用繩索繫著兩個浮動的小鼓槌，幌動之時，小圓鼓槌就不斷敲打著中間的鼓面。此刻，在正反的兩個鼓面上，貼的正是這次展覽〈大汗的世紀〉裡的大汗——元世祖忽必烈的頭像。

　　所以，兩個小鼓槌正不斷地搥打在大汗的臉上……

　　見我目瞪口呆，服務人員好像受了鼓舞，順手又從架子上抽出另外一支博浪鼓，這次鼓面上貼著的是忽必烈可汗的可敦，也就是史稱

昭睿順聖皇后（系出弘吉剌氏，蒙文名為徹伯爾，又名察必）。

這兩位大元王朝的帝后，就在我眼前，被四個翻飛的鼓槌一次又一次地擊打著他們的聖顏。

我慌亂已極，好像自己也在被擊打著一樣。這時候，又看見在旁邊的展示台上，兩位帝后的肖像被燒製成方形的瓷磚，分別用鐵框襯著，旁邊的產品介紹上寫著的大字是「熱鍋墊」！

是可忍，孰不可忍？海日汗，你知道我現在多後悔，為什麼當時不走上前去，正面質問，這樣公然的侮辱究竟是誰的主意？

可是，沒出息的我，卻只是輕輕驚叫了一聲，說了一句：「豈有此理！」就轉身逃出故宮去了，好像犯錯的人是我，必須要趕快離開現場才行。

回到家之後，才打電話向故宮詢問，才知道在販賣處出售的紀念品，盈餘是故宮員工的福利，我得向主管員工福利的部門去查詢。

電話接通了，負責這個事務的是位女士，說話非常文雅，態度也謙和有禮，更顯出我的氣急敗壞，只會一直反覆、很沒有禮貌地詢問她：

「請問，你們會把國父孫中山先生的頭像做成博浪鼓嗎？」

「請問，你們會把蔣中正、宋美齡的頭像燒成熱鍋墊嗎？」

那位女士依舊很平和地對我解釋：

「故宮出售的紀念品，也不是我們自己就能隨便決定的，必須經過一個審查委員會通過之後才能販售。這些審查委員都是故宮聘請的專家，有院內和院外的學者。這樣吧，席小姐，剛好明天有個評審會議，我今天先把您所指出的問題產品下架，等明天委員們開會的時候再來決定，好嗎？」

人家說得這樣有條有理，我當然不能再有異議。

於是，過了兩天，這位女士再打電話來通知我，委員們考慮過

夏日的金蓮川　元上都 2004・7

後，覺得是有些不妥，同意把那兩項產品剔除，不過，已經售出的，就不可能追回來了。

要到了幾年之後，有位大學同學主動向我提到，他也是故宮那些評審委員裡面的一個，並且也參加了那次的會議。

面對著自己的同班同學，從年少時相識一直到現在，我對他的認識不能說不深。他，一直是位正直爽朗、有同情心，更有正義感的卓然君子。可是，為什麼對於這樣不公平的事件，在事前竟然一點也沒有感覺？

而當日會場上的那些評審委員，想必也都是學養豐厚的知識分子，怎麼也沒有一個人在事前發現「有些不妥」呢？

海日汗，這是怎麼一回事？

我並不能反對漢人責備甚至咒罵蒙古人，這是歷史累積的仇恨，不必掩藏。

我要求的是真實和公平的對待。因為，展覽的標題是「大汗的世紀」而不是「侵略者的世紀」。

弔詭的是，為什麼總是一面把大汗的榮耀都視為「中華民族」的榮耀，一面卻又把大汗放在被告席上？

海日汗，「被告席」這個說法不是我發明的，這是已逝的歷史學家姚從吾教授在1958年秋天那場有名的演講裡說的：

「……因此之故，祕史一書，益覺難能可貴。它實在是漢文正史，漢文記載以外唯一的、大部頭的，用蒙古文由蒙古人的立場，直接報導塞外邊疆民族生活的歷史鉅著。因此東亞中華民族史中，也有了一位相當忠實的被告可以陳述另一面的事情，以便與漢文正史彼此比較；因以說明我們泱泱大國兼容並包的精神。治史者痛快之事，無以逾此。」

這段話裡，有許多處明顯的矛盾與錯亂，不過，我相信當年的姚從吾教授絕對不會察覺，對他來說，這是極為合理的觀點。所以，幾十年就這樣過去了，海日汗，如果今天在我們的漢人朋友之中，有人可以一一指出這些不公平和不合理的地方的話，我們一定要深深地感謝他。

　　但是，如果真的沒有一位朋友看出來這其中的矛盾與錯亂，恐怕，我們也只能無言以對了。

　　就在這裡停筆吧，再會，海日汗。

慕蓉　2010年4月25日

薩滿神鼓　呼倫貝爾博物院 2013 · 6

9 伊赫奧仁

沒有比無知更為堅定的破壞與阻隔
沒有比所謂的文明更為野蠻的掠奪

沒有一面路牌，願意為還活著的居民和旅人指示方向。
——2009年九月於鄂爾多斯高原

在我們深愛的大地之上
今夜　篝火終於重新燃起
卻是遍尋不見那莊嚴的身影
森林和曠野一片靜寂
所有的神祇　都已遠離
所有的薩滿啊
都已死去　都已安息

（孩子　你錯了
死去的不是我們
是一整個族群的信仰和記憶）

帶著九十九位騰格里天神的旨意
曾經走遍高原　顯現神跡
知道過去也通曉那無盡的未來
通人言也通獸語
在篝火之前　在艱難的世間
指引族人尋找自己的位置
是我們無限尊崇的導師
曾經可以和萬物溝通的薩滿啊
難道真的已經走入歷史

（孩子　你錯了

沒看見嗎　就在你眼前
火星點點開始碎裂　雀躍
火苗舒展　如千種祈求的手勢
是因為火母已經降臨
那像夕陽一樣通紅的灼熱神靈
正在慢慢靠近）

不然　那一襲做工繁複佩飾沉重的神衣
為什麼會懸掛在博物館裡
那面令眾人戰慄的神鼓
還有成串的腰鈴　銅晃鈴
這些神器曾經發出震人心魂的聲響
在暗夜裡　在熊熊的篝火旁
隨著薩滿迅疾的舞步曾經閃閃發光
如今都被棄置在展示櫃的一旁
暗啞　疲憊而又憂傷
一切都已遠去
只剩下我們還徘徊在櫃外
欲去又還　欲親近欲稍稍觸摸而不可得
心內千迴百轉　深深埋藏著
無人能察覺的孤單

（孩子　你錯了
我們其實從未離去你也並不孤單
沒有什麼好害怕的　只要你記住
孟克騰格里是永生的蒼天

不會讓我們失足
伊赫奧仁是仁慈的大地
是我們的母土）

怎麼能不害怕呢
就在我們身邊　就在一瞬之間
整片草原的胸膛被無情地翻開
成為面積廣大的露天煤礦
這樣不顧一切的毀滅
只是為了短短幾十年的經濟報償
而那不分晝夜　不限地界
人群和機械蜂湧而至的行動
也只是為了天然氣源頭的盲目探勘
遂一次又一次地
將草原的心臟和身軀深深刺穿
這萬里江山　究竟由誰來掌管
難道無人疼惜這珍貴大地
這是伊赫奧仁　是亙古以來
一直在哺育著我們的母土
如今已萬劫不復
這無數的猙獰傷口　這痛苦的顫抖
如果必須由我們來承受
為什麼　始終不見一人前來
給我們一句回答
給我們　一個勉強說得過去的理由

（孩子　你錯了
文明帶來的災劫並不止於一國一族
所謂進步　所謂改善
並沒有包括人心的貪婪
放眼望去
這周遭的世界已是日暮窮途
多少人還在追趕著要攀上文明的顛峰
唯一的真相　應該只是
沒有比無知更為堅定的破壞與阻隔
沒有比所謂的文明啊
更為野蠻的掠奪）

是的　如薩滿所言
到最後　無人可以倖免
這世界原是個血肉相連的整體
我們的哀傷　如果
是預見了未來的絕境
我們的呼求
在此刻卻無人願意聆聽
蒼穹靜默　諸神遠離
孤單的我們也開始懷疑
不得不自問
這樣的堅持究竟還有什麼價值
有什麼意義

（孩子　你錯了

那亙古的日月和星辰依然明亮
時光悠長　其中的堅持
遠遠超過你的想像
如果就這樣放棄了信仰
你們不就更加一無所有
更加徬徨）

有微弱的呼喚從何處傳來
聽　是誰
是誰在召喚著游牧的子民
來吧　今夜我們不是就學會了
如何點燃篝火
在火光之旁　就別再含淚對望
來吧　且以這年輕的新生的火舌
點燃起屬於自己的古老信仰
祈求翰得罕・噶拉罕
有著如紅絲綢一般面龐的
最為年輕的火焰之后　灼熱的
火母皇后啊
帶領我們去重新尋回
那看似渺茫的希望和方向

（這就對了　孩子
你們雖然自覺軟弱
以為無論是沉著或勇猛都不如先祖
我可以預見的卻是

從心靈深處到身體髮膚　你們
將來必然會長得與他們極為相像
把自己的信仰點燃起來吧
疼惜人類　也疼惜萬物
在這危機四伏的世間
去尋求真正的歸屬
真正的　心安之處）

聽　是誰在召喚著游牧的子民
聲聲叮嚀　要我們記住記住
孟克騰格里是永生的蒼天
在生命的懸崖之前　祂的訓示
以雷鳴般的迴響
警示我們免於失足
伊赫奧仁深遠遼闊　無邊又無際
是世世代代　歷經了無數災劫
仍在哺育著我們的大地
是七十七位地母的金色居處
是游牧子民深愛的　並且誓願啊
永不背棄的母土

可是　為什麼依然有疑惑深藏在心
即使我們願意堅持願意相信
當一切都已灰飛煙滅
明日　還有誰
還有誰能聽見我們的聲音

布里雅特薩滿神衣　呼倫貝爾博物院 2013 · 6

附記：

早已聽聞，有財團在內蒙古自治區東北部的呼倫貝爾大草原上開挖了
露天煤礦。雖說這些煤礦的開挖早已在內蒙古地區行之有年，為數也
不少，然而，在最肥美的呼倫貝爾大草原的中心如此無情的開發，真
是令人膽戰心驚。

2009 年九月，親眼看見了那些巨大的工廠建築以及其旁絡繹不絕的運
煤卡車車隊，然後再往自治區西南方的鄂爾多斯高原走來，又看見了
更為眾多更為龐大的天然氣廠以及輸送的管線和重車車隊，不知如何
形容心中的疑慮和驚懼。有天晚上，在烏審旗境內迷失了方向，儘管
有修築得很平坦的柏油路，每個十字路口旁也豎立著高高的指路牌，
但是，當我們駛近之時，卻發現每一面路牌上只標示著往前方多少公
里處是哪一個天然氣基地的代號，其他一片空白，無一字註記這塊土
地上原有的城鎮或村里的名字、距離和方向，雖然這應該只是舉手之
勞而已。友人苦笑著說，這是石油公司進駐之後才修的道路。可是，
如此的路牌，也反映了修路者「如入無人之境」的強勢心態，能不令
我這個迷途者耿耿於懷嗎？

「沒有一面路牌，願意為還活著的居民和旅人指示方向。」在暗夜裡
在車中，我是從這一個句子開始，慢慢找到這樣的一首詩的。

可是，寫出這樣的一首詩來，又有什麼意義什麼用處呢？

我到現在還找不到答案。我知道這疑問會始終存在，即使我多麼願意
去相信，一首詩，或許總有它可以存在的意義。

慕蓉 2010 年 5 月 29 日

西望哈拉哈河　巴爾虎草原2003‧9

10 疼痛的靈魂

我如何能以手中的鎗來瞄準你？
你本是我的兄弟！

海日汗：

請你原諒。

這幾乎長達一年的缺席，我找不出任何可以替自己辯護的藉口，所以，我只能說：

「請你原諒。」

上個星期，在東京，還有年輕的讀者問我，為什麼不給海日汗寫信了？我說一定，一定會再寫，只是心緒雜亂，真不知道要從何處起頭呢，累積的感觸太多太多了。

今天晚上，我想，或許就從最靠近的事情開始，就從參加東京這場學術研討會開始吧。

九月二十五日在東京一橋大學舉行的「諾門罕事件（哈拉哈河戰爭）與國際關係」這場研討會，在日本應該算是第二屆。

我為什麼用「算是」這樣奇怪的字句，是因為第一次的以諾門罕戰爭為討論主題的會議遠在二十年前。

這是由於在諾門罕戰爭（1939年的五月四日至九月十六日）中，日本原是挑釁者，最後卻以慘敗的結局退場。所以，至今為止，政府都不願多談，並且從來都把這場日軍死傷慘重的戰爭輕描淡寫地命名為「諾門罕事件」，日本民間對這場戰爭因而一直是所知不多。

蒙古國則直稱這場戰爭為「哈拉哈河戰爭」，因為戰場在哈拉哈河這條國界線之上，蒙古軍人為了保衛國土，也有不少犧牲。

所以，海日汗，你現在就應該明白，為什麼在日本，探討諾門罕戰爭的研討會，兩屆之間會相距如此遙遠的原因了。（至於蒙古國則是最少每隔五年，就會有一次專題研討會召開。）

我想，你現在會反問我：「老師，您又是以什麼身分參加這場會

議並且發言呢？」

　　是啊！我原先也很猶疑，做個旁聽者還可以，怎麼會有資格發言？

　　可是，我現在有點明白，我為什麼會接受邀請的原因了。海日汗，去參加這個會議，是因為我想多知道一些真相。去提出一篇報告，是因為，我想說出一些少有人關心的真相。

　　是的，我不得不相信，一切早有安排，由不得我這小小的個人去猶疑……

　　海日汗，請容我從頭道來。

　　在上個世紀末，九十年代的中期，我接到一封信。

　　這封信是住在台灣的同鄉長輩圖門道爾濟先生寫給我的。他在信中說，很高興看到這幾年我所發表的文字，知道我已經在原鄉大地之上走了不少地方。所以，他希望我能去替他還個願，向他心目中崇敬了大半生的英雄們鞠個躬，致敬。

　　信寫得很簡單，他說自己在年輕的時候，就聽說了在諾門罕戰爭之中，內蒙古人的掙扎，由於堅持蒙古人不能殺蒙古人的立場，卻被日本人槍決處死。所以，他曾經想去諾門罕戰爭的現場憑弔一番，卻始終沒能如願。幾十年的分隔之後，如今年事已高，兩岸雖然開放，自己卻難以走遠路了。他說：你去替我走一趟吧，好嗎？

　　接到這封信時，我才第一次聽說了「諾門罕戰爭」。後來，自己再去找了些資料，其中以厲春鵬執筆的《諾門罕戰爭》一書，幫助最大。

　　原來，圖門道爾濟先生心中念念不忘的英雄，在1939年的那場戰爭裡，日本軍方卻將他們定位為「背叛者」與「逃亡者」。滿洲國的陸軍刑法裡明文規定：「不論主從，一律判處死刑。」

諾門罕戰爭陳列館內　呼倫貝爾新巴爾虎旗2003・9

日本人為什麼會有處決內蒙古地區的蒙古人的權力？海日汗，只因為那時有「滿洲國」的存在。而在關東軍的驅策之下，滿洲國裡的許多蒙古青年被編入了「興安軍」，參與了這一場由關東軍蓄謀已久的「北進計畫」的第一戰，進攻蒙古人民共和國東部的哈拉哈河地區，以此試探蒙古和蘇聯的軍力虛實。

　　為了圖門道爾濟先生，我在2003年秋，初訪諾門罕戰爭遺址之一的呼倫貝爾盟新巴爾虎旗諾門罕布爾德（漢譯此地名應為「法王的綠洲」）。然後，2004年又去了一次，原想訪問當地的老人，卻總是不得其門而入，只是拍了一些相片。不過，在2008年，我寫成了一篇散文〈諾門罕戰爭〉，以下，是其中的一部分：

　　這些無端被糾纏在歷史夾縫裡的犧牲者，就是在滿洲國時代被編制為「興安軍」的一萬多名善騎善射的蒙古人和達斡爾人。他們祖祖輩輩就生長在大興安嶺南北，在廣闊的呼倫貝爾草原之上。隔著一條哈拉哈河，西邊就是蒙古國東方省的領土。但是，這只是近代的政治疆界而已，即使西岸稱喀爾喀人，東岸稱巴爾虎人，只是族系上小小的不同，彼此血脈卻深深相連，都是聖祖成吉思可汗的子孫啊！

　　一條政治上的國界線或許可以讓兩岸的同文同種的蒙古人不能互相往來，可是，也絕不能互相殘殺吧？

　　今日的我們，也許以為這是很容易下的決定。可是，日本人在當年處心積慮要培訓蒙古幹部，除了興安軍的騎兵部隊之外，還成立了一所「興安軍官學校」，長時間地教育他們要效忠於滿洲國。

　　因此1939年春天真正要開赴前線的時候，興安軍全體官兵的內心可說是備受煎熬。

　　軍人應該是以服從為天職，上了前線就需要奮勇殺敵。可是，在這些蒙古青年的心中，卻不斷湧現自己這是為何而戰的疑問了。

然而，在當時，無論興安軍是如何不情願，在日本關東軍的驅策之下，戰爭已經開始。訓練不足、裝備不足的興安騎兵倉促上陣，在對岸蘇聯軍隊猛烈炮火的攻擊之下，死傷不少。

　　同時，日本人對興安軍還是很不信任，除了嚴密的監控之外，在食物、飲水以及各種軍需的補給上又極為苛刻。

　　1939 年七月七日，蒙古人民共和國的騎兵第八師，以飛機向興安軍的騎兵陣地撒下了傳單，號召興安師的官兵們「棄暗投明」。用蒙文印刷的傳單上寫著兩岸蒙古人共同的心聲：「我如何能以手中的鎗來瞄準你？你本是我的兄弟！」

　　這是極為疼痛的一擊。

　　從這天開始，有軍官真的投奔西岸而去，士兵們也從零星而轉為大批的「逃亡」。

　　我絕對不應該用「逃亡」這樣帶著侮辱性的字眼來形容他們所下的決心。因為，請試想在當時，要否定這幾年所受的所謂榮譽的誘惑，要從一個難以改變的大環境裡堅持自己的信念，這「脫離一切」的行動中所包含著的痛楚與勇氣，只有英雄自己才能明白。

　　是的，無論是在當年被槍決的，或是得以倖存的「逃亡者」，他們的鮮血，他們的熱淚都只能默默地灑在原鄉大地之上……

　　海日汗，這就是我必須參加這次會議以及發言的唯一原因。我提出的報告題目就是：〈疼痛的靈魂──夾縫中的興安軍〉。

　　九月二十五日那天，我的報告被安排在下午第三場。由於我的日文翻譯比較忙，所以她只能在下午到場。但是整日的研討會都是以蒙文和日文發言（即使是一位英國學者也是以日文發言）。眼看著這個上午的精采報告我都會在茫然中錯過了。

　　真的是急中生智，轉過頭去問坐在後排的一位剛剛以讀者身分來

與我相認的蒙古女孩，問她可否找什麼人來幫我翻譯？想不到她很爽快地說：「我也可以坐過來給您當翻譯。」

於是，敏慧的她坐在我身邊當起臨時的譯者，那速度與字詞的順暢使我驚為天人，更是受惠良多，一整個早上，幾位學者的精采報告，都被我記在筆記本上了，真是快樂。

推動這次研討會的最主要的人物、應該是一橋大學的名譽教授田中克彥（Tanaka Katsuhiko）先生。

不過，開幕詞是由另一位的一橋大學教授吉田裕（Yoshida Yutaka）先生致詞。他說：「一直以來，政府對戰爭的解釋是不足的。由於昭和天皇以及相關人員的有意迴避，日本人民從未能有更多的了解。可是，關於真正的歷史，有必要說出真相。現在，我們繞過天皇，追究戰爭的責任。年輕的學者們已逐漸接替當年的研究者進入國防研究所，因此方向已經有所變化。從前的出版物此刻正進行研討與分析，其中的缺點與不足之處會重新修訂後出版。

「而當年選擇沉默的參戰老兵，眼見同輩凋零，心有所感，多年以來從沒有說過一句話的老軍人，如今紛紛開始講話，作為遺言，交給子孫後代。因此而使得研究有了更新的發展。」

田中克彥教授也說，他對官方的研究報告難以認同。他說，這一場戰爭，對日本是恥辱，而對蘇聯來說，也有許多不可告人之處。

因為，當時的蘇聯，想儘速結束這一場戰爭，好集中全力對付德國。所以也動了很多手腳，事後為了保密，殺害了許多蒙古國的軍官。

在他的發言裡，田中教授說，自己很想站在蒙古人的立場上來看這場戰爭。

當時是以滿洲國的名義來發動戰爭，但背後是日本人的主使，而蒙古人民共和國當時是在蘇聯的控制之下，所以，實際是日本與蘇聯

的戰爭，但當中夾著的卻是哈拉哈河兩岸的蒙古人。

他說：內外蒙古中間的這條河，對蒙古人來說並不是國界線，自古以來，都只是部族之間的界限而已。

他說：1945年，日本投降之後，滿洲國境內有兩千到三千的內蒙古人因為害怕而逃到蒙古人民共和國去。他曾經見過其中的一人，就是在十一歲那年奔逃去外蒙，也頗吃了一些苦，後來在外蒙成為演員。由於會說一些日文的關係，在戲裡總是扮演行為惡劣的日本人。這個蒙古人和田中教授同齡，他會唱的日本歌，田中教授也會唱。所以田中教授說，他很想去研究這些以滿洲國民的身分流落在蒙古人民共和國的內蒙古人。想了解他們的遭遇和心情。他說，這是民族的悲哀。

田中克彥教授選擇了一個立場。而我呢？海日汗，我沒有任何選擇。從十幾年前圖門道爾濟先生給我的那一封信開始，就已經讓我往今天這場會議走過來了。

是的，海日汗，我有點明白了。所有的準備，就是為了這一次的發言。要站在興安軍的立場，替這些幾乎已經被遺忘了的疼痛的靈魂說幾句話。

他們之中，有人戰死，有人被槍決，有人被追殺，有人流落到西伯利亞，有人在中國的文革之中又被舊事重提而受盡凌虐，有人即使得以成家，得以平安終老，那無端背負著的污名，終其一生也無人為他平反；海日汗，這民族的悲劇，這種種的委屈，今天不說，什麼時候可以說呢？

而最讓我覺得驚訝的是，在會場裡坐到我身邊來替我翻譯的這位蒙古女孩，在休息的時間裡，她作了自我介紹。她對我說，自己的祖父，就是興安軍中當年的「逃亡者」之一。

她說，小時候不懂事，大人也不多談，使她以為這是件不光彩的事。現在才明白其中的艱苦與堅持，她說，如今是很以自己祖父為榮的。

　　海日汗，這是什麼樣的安排？我以為只是偶然的機遇，讓我能在會場上經過她的翻譯而了解了每一位與會學者的發言。可是，這會是「偶然」嗎？

　　2003和04年的兩次前往，我從來沒能和諾門罕爾德附近的任何家庭有過什麼談話，想要拜訪的老人好像也總是不在家。而如今，有一位老人的孫女卻明眸皓齒的坐在我身邊，她已學成，正在日本工作，蒙語、日語和中文轉換得如此流暢，海日汗，這會是「偶然」嗎？

諾門罕戰場遺跡　巴爾虎草原2003·9

懷著感激的心情，我上台去作了報告，最後，我是這樣說的：

「今天，在哈拉哈河西岸的蒙古國，在戰爭的遺址上豎起了巨大的紀念碑紀念為國捐軀的蒙古軍人。在哈拉哈河東岸，也有為紀念諾門罕戰爭而成立的陳列館。年年都有日本軍人的遺屬前來，在陳列館裡放下祈求和平的紙鶴，然後在曾經焚燒再掩埋了成千上萬名日軍陣亡將士的窪地前痛哭。可是，怎麼在興安軍的故鄉，在大興安嶺南北，在無邊的呼倫貝爾草原之上，竟無一地，無一個可以致敬甚至只是可以紀念的標識之處？這些曾經備受煎熬的疼痛的靈魂，怎麼能就這樣被遺忘了呢？」

那天的會議有兩次討論的時間，聽眾的發言和反應都十分熱烈，是一般學術會議上少見的現象。很奇怪的感覺，這麼多人聚在一起討論一場發生在七十二年以前的戰爭，追問的是長久以來被主事者所蓄意隱瞞的真相。

海日汗，我相信，追求真相，是為了對昨天的公平裁決，也更是為了在明日的心靈平安，否則，眼前的路怎麼走得下去？

夜深了，信寫得太長，先在此停筆。

祝福。

慕蓉　2011年10月6日

又及：

寫好的信擱在桌上有兩天了。剛才接到好友其楣的電話，我忍不住把關於「與興安軍之一的後裔巧遇，到底是不是偶然？」這個想法求問於她。她的回答卻是大為不同。她說，或許可以把這設定為冥冥中自有安排。但事實的真相是興安軍的子孫後代人數不會太少，其中總有一些人會在哪一天與我相遇，談到這個家族裡的記憶。歷史的真相一定會逐漸呈現，因而，在這個意義上來說興安軍的子孫其實是無處不在的。

10月9日再續

應昌路遺址　昭烏達盟 克什克騰旗 2002・6

11 我的位置

可是，對於這樣難得的際遇，
我又回報了些什麼呢？

海日汗：

好嗎？

剛才想用漢字給你拼出蒙文「恭賀新禧」，結果不成功，有幾個音拼不出來。（到底漢字不是拼音的文字，用英文反倒貼近些吧。）

現在是2012年一月底，新曆年過去了，舊曆新年也過去了，可真是「光陰似箭，日月如梭」啊！

如今終於明白，如果不時刻督促自己的話，恐怕真是要一事無成了，對不對？

這些期待要「完成」的事情裡面，也包括要給你寫足了二十一封信在內。

所以，我今年的期望之一，就是想要多給你寫幾封信。

現在，是第十一封。

我想和你談一談，關於「位置」和「歷史」的關係。

也就是說，「歷史」其實是跟隨著我們所處的「位置」而變化的。

前幾年，有位朋友出版了一冊圖文並茂的中國美術史，在新書發表會上，作為前去道賀的讀者，我卻問了他一句話：

「你怎麼沒寫遼代呢？」

朋友並沒有回答我，只對我默然一笑。

剛好出版社的社長就在旁邊，他馬上轉過頭來對我說：

「那麼你來寫吧。或者，乾脆寫一整部有關游牧文化的美術史如何？」

當時的我，竟然答應了，並且還積極去蒐集資料，真是不知天高地厚啊！

海日汗，原來「興趣」與「學養」之間，還是有很寬的距離。這中間還有天賦、努力，以及年深日久的慢慢累積；不是報了名就可以

被錄取，更不是我自己的一廂情願就可以做到的。

結果，兩年交稿的期限很快就到了，我什麼也拿不出來，只好紅著臉去道歉。

一切的美好憧憬就此煙消雲散。

有一天，不知道為什麼，我忽然意識到了，當時那位著書的朋友的微笑裡，恐怕還有些別的東西。

那默然一笑的真義，會不會是說：

「其實，『遼』本身就不在中國之內。」

而那微笑之後的沉默，是不是也在反問我，問我這個蒙古人：

「別人或許可以有這種疑問，可是，你，怎麼也會問這樣的問題？」

是的，我，一個已經漢化很深的蒙古人，連自己該站在什麼位置上來看（或者應該說是「讀」）歷史，都已經不清不楚了，遑論其他。

遑論及其他！

海日汗，那一刻，我真是慚愧啊……

同樣的困擾發生在2007年夏秋之際。

那一年，從八月到九月，我都在內蒙古，跑了太多的地方，中間有點累了，朋友就招待我回姥姥家休息了幾天。

海日汗，昭烏達盟的熱水塘溫泉區，真的是我的姥姥家。雖然舊日的莊園早已蕩然無存，畢竟，這塊土地仍然是我心中最親近的牽繫，所以就高高興興地住下來了。

朋友都知道我累了，所以相約不來找我，有事只以電話聯絡。在這幾天裡，我可以足不出戶，只在旅館的房間裡作溫泉浴。靠窗有張大桌子，可以讓我看書，也可以讓我補寫這一路走過來還沒時間寫下來的日記，真是奢侈啊！

更奢侈的是，在八月二十八號那天，還約到了一位我非常仰慕的學者，前來帶我去看百岔河的岩畫。

在途中，這位學者對我說，如果要論斷岩畫的年代，要從內容、技法，以及周圍的文化層遺留這三方面來作判斷，才比較可能得到確定的答案。

而百岔河岩畫分布的地帶很長，創作的年代也很久遠，最早可以從紀元前八千年的興隆窪時代算起，真是源遠流長。

印象很深的是他說出「岩曬」一詞，這還是我第一次聽到。這個專有名詞指的就是岩石上經過不知道多少多少年的日曬後所形成的深褐色的薄層。初民或者古人，用磨、刻、鑿等等的方法，除去這層岩曬之後，底下石頭原有的淺色層就可以顯露出來，成為圖象明晰的畫面。以後，即使日曬依舊繼續，那畫面上深淺的反差已經形成，也就不會改變了。

那天，因為時間的關係，我們只去了兩處，一處就是那有名的美麗的鹿群，那幅岩畫，可說是百岔河岩畫的代表作之一。

到了那裡，才知道岩壁之高以及畫面之巨大。可是，陡立在山坡上的這幾塊巨石，怎麼遠遠望去，表面竟然如此之平滑？

好像是舞台背景那樣巨大的畫幅展現在我眼前，工作者用的方法應該是磨刻法吧？那是需要多麼悠長的時間和耐心，卻又怎麼可能一方面是在近距離的工作，一方面卻又有著成竹在胸的畫面構圖，讓在遠距離的觀賞者可以看到如此優美和諧的組成？那些繁複交錯著的鹿角和鹿身，更有一種飛揚的氣勢，實在是太驚人了！

看見我震驚的反應，這位學者卻說，今天可惜是個晴天，如果在下雨天的時候過來，岩壁的顏色會呈現出更多的反差，會有更多細節顯現出來。

不過，我已經很知足了，就站在山坡下，遠遠仰望著這一幅美麗

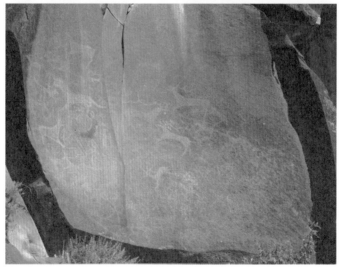

百岔河岩畫的鹿群在不同的角度　2007‧8

的鹿群，我已經非常非常知足了。

可是，海日汗，在這一天，給我以極大的衝擊的卻不是岩畫本身，而是在尋訪岩畫途中，這位學者所說的一句話。

那天，我們原本還有著另外一個話題，那就是元代的應昌路（或稱應昌府、魯王城），也是在我母親的故鄉克什克騰旗的土地上，城址遺跡至今還清晰可見。

這位學者說，應昌路是元朝最後一位皇帝駕崩之處，但又是他的兒子繼位之地，北元由此開始。所以，這一處遺址在歷史上其實佔有極重要的地位，但是在中國的歷史學界裡，卻一直被忽視。

海日汗，你應該知道，元朝最後一位皇帝是元惠宗妥歡帖睦爾（1320-1370），我們蒙古人尊稱他為「烏哈噶圖可汗」。據說也就是這位可汗在出亡的途中寫下了那首有名的哀歌：〈失去了的大都〉。

他在退居到應昌路之後的第二年駕崩，傳位給他的兒子愛猷識理達臘。而這位可汗，也就是史稱「北元」的第二位可汗了。

我記得有位台灣的學者曾經告訴過我，說北元前後也不過只有四十年而已。

所以，這一天，在尋訪岩畫歸來的車中，我就問了這個問題，北元，是不是只有四十年的時間？

想不到，我母親故鄉的這位學者的回答卻完全不一樣，他說：

「那要看說的人是站在什麼位置上了。」

一句話，驚醒了我。

海日汗啊！海日汗。這麼多年以來，我都是站在什麼位置上來讀我們自己的歷史呢？

是的，如果我是站在大漢民族的位置上來計算的話，是可以說

「元朝」只有九十八年，而其後的「北元」只有四十年。

　　但是，如果我是站在蒙古民族的位置上來計算的話，從聖祖成吉思可汗建立大蒙古國的1206年開始，到林丹汗逝世的1634年為止，整個蒙元王朝延續的時間應該有四百二十八年！

　　是的，終明朝整整一個朝代，都始終無法克服「北元」的存在。

　　這位學者說，北元時期，因為游牧生活方式以及戰爭的關係，缺少可汗每日的起居實錄，不過，這份紀錄卻在李朝（朝鮮）的歷史之中，而且還記載得頗為詳細，因為那時李朝仍然按期向北元進貢。

　　他還說：「北元與明，是中國歷史上最大的南北朝！」

　　那天，在回來的路上，我還問了這位學者一個問題，我問他為什麼不來寫「北元史」？

　　他卻說，這是需要有公家單位來支持才能做到的事，除了資料的蒐集之外，還要去許多地點實地探訪。然後，他又加了一句話：

　　「像你這樣，可以從斡難河走到哈剌和林，又可以從上都走到應昌路再走到查干浩特，像你這樣的人也並不多啊！」

　　海日汗，他的這一句話，也點醒了我。

　　原來，我享有的是學者也羨慕的際遇。

　　這十幾二十年來，在蒙古高原上行走，我曾經一次再次地去到許多座都城。循著這些都城的遺跡，彷彿重溫了一次蒙古民族歷史上那曾經無比光耀又萬分曲折的滄桑長路……

　　可是，對於這樣難得的際遇，我又回報了些什麼呢？

　　到此刻為止，我甚至連自己該站在什麼位置上來讀歷史，好像也還沒弄清楚。

　　海日汗，對我來說，這是多麼可悲的浪費。

　　無知如我，不但不知道，對一個現今的蒙古子孫來說，「北元」

的真正稱呼應該是什麼？而所謂「中國歷史上最大的南北朝」這個空間與時間的定位又該如何看待？其實，我心裡還有個模糊的想法，那就是說，既是敵我兩方，分處南北，而且北方卻並不屬於現今意義上的「中國」；那麼，又何來「中國的南北朝」之說？關於這個想法，我知道我是對的，但是由於找不到自己的位置，因而也不容易為自己發言。

我當然應該感謝母親家鄉那位學者的提醒，才開始去尋找那個「位置」。但是，又有位朋友告訴我說，如果真要站在蒙古人的位置上去計算歷史年代的話，以林丹汗的失敗作為蒙元王朝的結束，其實還是站錯了位置，還是太早了一些。

他說，清朝的康熙和乾隆這祖孫兩人打了那麼多場仗，大部分不都是為了壓制我們衛拉特蒙古人所建立的準噶爾汗國嗎？

準噶爾汗國滅亡於1755年。日本的學者宮脇淳子在她所著的《最後的游牧帝國》一書中就是以這個汗國的興亡為主題。在最後，她頗為感嘆地以這一段文字作為全書的結束：

此前的17世紀後半葉是世界歷史上的大變革時期。在此期間，我們人類的生活方式開始發生巨大的變化，這在以前是不可想像的。可以說，準噶爾帝國是古老的英雄時代的最後的一朵花。創立了該準噶爾帝國的噶爾丹是位出生於游牧民族，在西藏修學了佛教，文武兼備的新型英雄。而且，他與生活在同一時代的清朝康熙帝、西藏五世達賴喇嘛、喀爾喀哲布尊丹巴呼圖克圖一世、伏爾加土爾扈特阿玉奇汗、俄羅斯彼得大帝一樣，是帶給了養育自己的世界以新的文化的英雄。

寫到這裡，海日汗，我還想向你轉述我聽到的另一種不同說法。

史書上說，林丹汗駕崩之後，他的可敦（即是蘇泰皇后）在1935年攜皇子孔果爾額哲降清。在面見滿清皇帝皇太極之時，蘇泰皇后獻上了傳國玉璽和一尊嘛哈噶拉佛像，清廷為之大喜而慶賀……

　　可是，有位先生卻大大不以為然地對我說：「唉！這些都是被『漢化』了的想法。你可知道，漢人的朝代是以交出國璽作為交出整個王國的象徵。然而，我們蒙古人的國族象徵卻是察干蘇力德才對啊！」

　　那麼，如果站在這個位置上來看的話，我們的察干蘇力德不是還飄揚在蒙古高原之上嗎？

　　這封信又寫長了，今天就到此為止吧。

　　海日汗，我答應你，以後一定會把有關林丹汗的察干蘇力德的真實故事寫給你，好嗎？

　　有兩本書要推介給你看，都是日本人寫的。一本就是宮脇淳子的《最後的游牧帝國》，是內蒙古人民出版社出版，曉克翻譯。另外一本是杉山正明《游牧民族的世界史》增補版，黃美蓉翻譯，2011年十二月剛剛才由台灣的廣場出版社出版，取另名為《大漠：游牧民族的世界史》。不知大陸可有出版社出版？

　　隨信附上三張圖片，兩張是我見到的百岔河鹿群岩畫，一張是應昌路的部分遺跡，時光還在離我們不遠處回看著這一切。海日汗，請努力用功好嗎？努力修持自己，做一個好青年。新年，讓我們大家都立下一些新的願望，新的期許，期待實現。

　　祝福你，海日汗。

　　　　　　　　　　　　　　　　慕蓉於2011年1月31日凌晨

第二屆察罕蘇力德文化節　鄂爾多斯烏審旗2007‧8

12 兩則短訊

這是多麼有意思的關聯，好像在向我們證明，
有些古老的神話，傳述的極有可能是歷史上的真實事件呢！

海日汗：

又幾個月過去了！在這段期間，我心中常會有些突現的想法要告訴你，但是總會因為那「必須好好坐下來寫一封信」的規矩而打消掉了，其實有點可惜。

所以，現在我自己來打破自己立下的規矩，在「好好地寫下一封信」之前，先在這封信裡給你發兩則短訊好嗎？

第一則是〈竭澤而漁〉。來自閱讀薩依德的訪談錄而產生的感想。

薩依德（Edward W. Said, 1935-2003）在《權力、政治與文化──薩依德訪談錄》（薩思互納珊／編，單德興／譯，台北麥田出版社2005年初版）書中回答訪問者訊問他，關於近代電子科技的進步，可以有一種新的、立即、全球、電子的網路來生產並且傳播新聞的時候，可不可改變從前那種「觀念壟斷」的現象時，他的答覆給我極為強烈的震撼，我現在摘錄如下：

他說：「其實危機正在加深……它們之所以邪惡是因為它們被呈現為自然的、真實的，那種方式看起來簡直無懈可擊。我們到現在還沒設想出方法來處理電視、影片，甚至劇本的形象，以及批評呈現那種形象的整個脈絡，因為它被當作真實來呈現，透過強力的仲介，幾乎是下意識的接受……」

前天晚上，我去台南成功大學中文系演講的時候，就借用了薩依德這段談話。同時，我詢問在場的學生，最近這幾年來，是不是常常在報紙與電視上看到「鄂爾多斯」這個地方的報導？

講堂裡幾乎有一大半的學生都微笑點頭，是的，他們都有印象。

所以，在媒體上一直不斷被宣揚著「突然富起來了」的鄂爾多

斯，讓在台灣這些一向不知內蒙古究竟在何方的年輕人都不得不注意到了。可是，在那「繁榮」的背後，潛伏著何等巨大的危機，卻從不見有人提及。

事實的真相是幾千年來一直生活在鄂爾多斯大地之上的族群和文化，正在以驚人的速度被連根拔起。而以這種文化所維護的脆弱生態正被眼前短暫的暴利所摧毀。媒體上形容這些游牧族群的困境卻以：「一向無憂無慮的牧民們，不太習慣這種改變，他們只是擔心牧場的縮小……」這樣輕描淡寫的語氣一掠而過。

海日汗，在蒙古高原這樣嚴酷的自然生態之下，一代又一代存活下來的游牧族群，怎麼可能是「無憂無慮」的？他們在平日所表現出來的樂天知命，恰恰是因為深知自然界的變化無常而延伸下來的一種生活態度，其中的辛酸和智慧，由於自身的沉默，不易為他者所了解。

可是，海日汗，在今天，整個地球上所有的族群，已經不得不是一個命運共同體了。這些今日在鄂爾多斯所呈現的表面的繁華，已經預告了明日大地全面反撲時所帶來的荒蕪。今日鄂爾多斯牧民心中的疼痛，並不僅僅只是為了自己而已，可是，要怎麼樣努力才能讓這個世界明白？

海日汗，要怎麼樣才能讓這個世界明白，今日在鄂爾多斯所發生的一切，都只是即將悔之不及的「竭澤而漁」呢？

現在，暫停於此。在這封信裡，我要換個方向，說一說另外一個想法。

我的第二則短訊，是〈阿拉斯加〉。

早就聽說美洲原住民來自北亞，不過，今年初，有篇研究論文說得更為精確。我來摘錄一段台灣聯合報2012年一月二十八日編譯李京

倫的報導：

「英國每日郵報報導，DNA研究發現，北美洲原住民來自今日俄羅斯西伯利亞南部的阿爾泰（Altai）共和國。

「美國賓州大學主導的研究團隊二十六日在「美國人類遺傳學雜誌」發表研究指出，遺傳標記（genetic marker）顯示，約一萬四千年至一萬三千年前，部分阿爾泰人開始徒步橫越白令陸橋（今日的白令海峽），到達美洲大陸。研究成果符合人類學學說，指遠古人類從西伯利亞跨越現今的白令海峽，進入美洲。」

一月二十八日那天，還有其他的報紙也有報導，我把它們剪下來，都放進烏熱爾圖先生所選編的那本《鄂溫克族歷史詞語》₁書中，夾了起來，就是準備給你說一說這其中的關聯。海日汗，這是多麼有意思的關聯，好像在向我們證明，有些古老的神話，傳述的極有可能是歷史上的真實事件呢！

在《鄂溫克族歷史詞語》書中第252到253頁，記載了一則〈鄂溫克人渡海的傳說〉。

由於這則傳說實在太精采了，我必須全文照抄在這裡。雖然沒有事先徵求烏熱爾圖先生的同意，但我會盡量把他所標明的出處都寫清楚，希望烏熱爾圖先生不會怪罪我。

鄂溫克人渡海的傳說

在很早的時候，鄂溫克人就開始遷徙了。

據老人們講，我們的祖先是朝好幾個方向遷徙的，其中的一部分是沿著海邊往北走的。沿著海邊往北走的這些人，一邊走，一邊打

阿拉斯加的薩滿神鼓　比利時皇家歷史藝術博物館 2012．6

貂。後來，他們一直走到了大陸的盡頭，不能再往北走了，再走下去就要往西拐了。這個地方有三角形的海岸，海岸像箭頭似的朝前伸出去，鄂溫克人稱它「牛熱」（Niure）。而海水圍過來，就像一把弓，鄂溫克人稱它「白令希敦」（Behring Xiden），這個地方就是白令（Behring）海峽。

當時，好幾個氏族一同遷徙。走到這兒，人們開始猶疑了，是順著海岸往西拐呢，還是掉過頭來往回走。這時候，薩滿作了一個夢，他夢見一個白鬍子老頭兒，白鬍子老頭兒對他說，這可是像弓箭一樣的海岸啊，從這裡渡海就像射出去的箭，一下子就能到對岸。對岸可是一個好地方啊，那個地方的名字叫「阿拉希加」。（Alaxijia，鄂溫克語「等待你」的意思。這裡是指美國的阿拉斯加 Alaska。）

一連幾天，薩滿都作了這同一個夢。薩滿請大家共同商量這件事，因為有人願意渡海，有人卻想往回走。鄂溫克人並不怕海水，他們會游泳，也會造大船，能渡海。過去，鄂溫克人用紮大木排的方法橫渡過寬寬的海峽。

最後，薩滿拿出了一個主意，他說：「往回走的人，晚上頭朝回去的方向睡，想渡海的人，頭朝大海的方向睡。」第二天早上，薩滿一看，人們真的分兩個方向睡了，這促使他下了決心，要領著朝大海方向睡的人渡海。臨行前，薩滿說：「現在就讓我們分手吧，以後我們會離得很遠，我們的後代怎樣彼此相認呢？要記住，大拇指上戴箭環的人，就是我們鄂溫克人。」這樣，他們就分手了。

渡海的鄂溫克人用圓木紮大木排，用樺皮桶盛淡水，他們準備好了食物，就往海峽的對岸渡過去了。

多少年過去了，一直沒有渡海那部分鄂溫克人的消息。往回走的鄂溫克人，記住了那海峽的對岸叫「阿拉希加」，鄂溫克語的意思是「等待你」。

（何秀芝女士講述，烏熱爾圖根據錄音整理，刊載《鄂溫克族研究》2004 年第 1 期。）

海日汗，這樣的傳說何等神奇而又美麗，並且在今日更發現它的貼近真實的歷史！

如今，在西伯利亞的文化圈裡，鄂溫克氏族遷徙和停留的線索都已有學者在研究與探索。

我們在期盼著更多的發現的同時，是不是也可以更加愉悅地重新來閱讀這些古老的神話和傳說呢？

先寫到這裡，祝福你，海日汗。

慕蓉　2012 年 5 月 19 日

---

1 《鄂溫克族歷史詞語》烏熱爾圖編著，內蒙古文化出版社 2005 年 3 月初版。

用柳條編成的圍籬之內，是祭祀的中心。圖片左方立起的，是鄂爾多斯的蒙古人所獨有的赫
依摩力（風馬旗）。　　烏審旗2007．9

13 察干蘇力德

從精神層面上來說，
他們改寫了歷史。

海日汗：

我剛從阿魯科爾沁回來，在天山二中的一場演講裡，我請台下的海日汗舉起手來，果真還有兩、三位哩！多好！

所以，海日汗，今天我們就來說一個隱藏了三百多年的歷史事件吧？好嗎？

你一定聽過這句話，「敗軍之將，不可言勇……」

可是，我想知道的是，敗軍之中的千千百百的兵卒呢？

在戰敗之後，僥倖沒有成為「首身離兮心不懲」而曝屍於戰場之上的「國殤」。

可是，此刻身體和心靈一樣充滿了傷痛的兵卒們，他們能做什麼？

在歷史裡永遠沒名沒姓，地位卑微的他們，在這「敗退了」的既定事實之前，能做什麼？

能改變什麼？

1634年，北元的最後一位君王，察哈爾部的林丹汗駕崩於甘肅大草灘（今為肅南祁連山麓的夏日塔拉草原）。可汗雖逝，汗廷的剩餘兵力依然堅持不降，卻又只能困守在漠地之中，不知何去何從。

這其間，漠北的車臣汗部伸出援手，遣派使臣，敦促可汗之子額哲，邀他北上。這原也是一線生機，可是，就在這猶疑難決之時，強敵已經前來壓境了。

後金大軍，由多爾袞所率領的「精騎一萬」（一說兩萬，另一說為四萬騎），從1635年二月出發西征，四月二十八日那天，就已經將汗室駐地托里圖團團包圍起來了。

海日汗，史書上特別提了一句，說那一天是大霧。

　　在大霧之中，身處在汗帳裡的額哲母子，心中想必是受盡煎熬吧？

　　敵暗我明。在又是親人前來以「親情」勸說，又是周圍那強大武力的無言逼迫，再加上想到剩餘的忠誠部眾其實已困窘到無以為生的地步，那麼，除了投降以外，還能有什麼別的選擇？

　　只是，就這只需一低頭的「決定」，卻把連續了四百多年的大蒙古帝國的帝祚（1206-1634），在茫茫大霧之中結束了。

　　那是曾經何等輝煌光耀的大蒙古帝國！

　　即使，即使後來在中國的歷史上註記了「元朝滅亡」，然而，真相卻是歷經有明一代，從未降服過的北元汗廷一直存在，那是由多少位蒙古大汗們所辛苦撐持著的家國啊！

　　如今卻斷送在後金的手中，在一片茫茫大霧的天地之間，劃上了休止符。

　　這是何等難以承受的結局。

　　雖說林丹汗駕崩之前，已是眾叛親離，然而始終不改其志，忠心耿耿不離不棄的部眾也還有不少。他們隨著可汗從1627年春天一路西遷而來，經過多年征戰，到此刻也還有幾萬人，卻已是輜重糧草皆無，人疲馬瘦的沮喪隊伍了。

　　然而，對於後金的多爾袞來說，這一次西征，卻是難得的圓滿成功！接下來，他的一萬精騎的任務就是要負責押解這些敗兵們往東返回。尤其重要的，是要讓林丹汗的蘇泰福晉和皇子平安抵達盛京。

　　這是一段漫長的路途，也是一列漫長的隊伍。心不甘情不願的兵卒們想盡辦法，有的人冒死脫逃成功，就留在當地，開始了他們自己的傳奇生涯了。

　　在這裡，我要直接從書中引用一段文字：

林丹汗駕崩了。大汗國頂樑斷了！幾萬察哈爾人，來到了鄂爾多斯的陶利。蘇泰皇后向後金投誠後，察哈爾部眾悶悶不樂，也只好隨之東去。當他們隨行兩日到元朝安西王芒嘎拉之察罕淖爾古城時，一部分人實在忍不下去了，就躲藏在巴拉素灘一片沙棘中。其中有一部分衛護蘇力德之圖克欽（護旗手），與汗國的察干蘇力德一同隱蔽下來了。₁

　　海日汗，這一隱蔽，就是三百多年！

　　然而，這隱蔽，並不等同於消失，更不等同於放棄。

　　三百多年來，在隱蔽之處供奉，在隱蔽之處祭祀，「護旗手」、「祝頌人」等等的職位一代又一代地世襲下來，從來沒有失去信仰。生活再困難，也要想方設法地活下去。有人繼續放牧，有人轉業農耕，有人去打零工，什麼辛苦的活兒都做過，再加上後來的清廷衰敗，不斷開墾蒙地，從皇室到土豪劣紳再到北洋軍閥，都不斷地侵蝕和強佔草原。這些護旗的察哈爾部眾也只好不斷地往北遷徙，最後，在1904年左右，終於遷到現址，也就是鄂爾多斯烏審旗無定河鎮毛布拉格村陶高圖灘的北側。

　　儘管如今已可以公開祭祀，但是，基本上，這裡仍是一處極為隱蔽之地。

　　海日汗，我為什麼會知道呢？

　　是因為，在2007年和09年去過兩次，有幸能與傳承至今日的這一代護旗手額爾克斯慶先生相見。

　　即使去了兩次，到現在還是對那個「入口」一點印象也沒有。真的，如果沒有識途者帶路的話，我相信任何人都會錯過那個地方的。

　　因為，一路車行之處，都是灰撲撲的鄉間道路，路旁總是叢生著一排又一排主幹粗直，枝椏卻整齊地往四周斜伸出來的柳樹。那是因

為牧民用它們做氈房的建材，每鋸一次，等三年就又可以取來使用。所以每一棵都長得一個模樣，呆呆地站在路旁，若不是車子突然向右一偏，彷彿硬生生地插進了兩棵柳樹之間的話，我是絕不可能發現樹叢之後原來別有天地。

　　進入之後，首先是聽不見外面的車聲了，路上的灰土好像也被隔絕在柳樹叢之外。放眼望去，我們正置身於一大塊頗為方正與平坦的草地之上。近處有座氈房，其旁還有露天的土灶和兩、三個大鐵鍋，往前方遠遠望去，三座蘇力德豎立在高高的平台上，平台周圍，留有頗為寬鬆的活動空間，然後才是以柳樹的枝條編成的超過一人高的圍籬。圍籬入口之外，杜松已經燃點起來了，看得見白色的輕煙，也聞得到遠遠飄過來的那只屬於杜松特有的清香……

　　果真是別有天地啊！

杜松已經燃起。　2007‧9

中間穿黑衣者是查嘎黎，後面是他的親戚。其餘四位都是當天遇見的察哈爾部的護旗者。

然而，海日汗，此刻我寄給你看的這幾張相片，如果在不知情的人的眼裡，這圍籬、這平台，甚至這高高豎立的三座蘇力德，用的都是鄉野間極為尋常的材質，可以說是簡樸到近乎簡陋的地步了。

　　但是，如果我們知道那背後的時間和堅持，不論是從1635年到此刻，或者是從1206年到不可知的未來，這一處祭祀的場地在蒙古子孫的心中，那可真是莊嚴華美到難以估量的光芒萬丈了！

　　海日汗，在這封信的一開始，我就問了你這個問題：
　　「敗軍之中的兵卒們，他們能做什麼？他們能改變什麼？」
　　2007年九月，也就是1635年五月之後的第三百七十二年，察干蘇力德的圖克欽（護旗手）額爾克斯慶先生告訴我，他說：
　　「從東行的隊伍中脫逃是不被容許的。可是，我的祖先們只想到自己的天職是守護察干蘇力德。這是國族最為神聖的象徵，我們深信聖祖成吉思可汗的英靈就盤桓在這聖物之上，絕不容許絲毫的沾污。」
　　海日汗啊海日汗，答案就在這裡了。
　　在敗軍之中的千百兵卒，雖然不能改變眼前這「敗亡了」的事實，也更不可能去挽回那失去了的汗廷，可是這些勇敢又堅強的察哈爾部護旗者，卻能在信仰的支持之下，用自己的方式，改寫了歷史。
　　是的，海日汗，從精神層面上來說，他們改寫了歷史。
　　即使他們當時是身處在不可逆反的史實之中，即使全世界的歷史書上都註明了「北元亡於後金」。可是，他們卻成功地護持了大蒙古帝國的精神象徵脫離了這一段史實。
　　在現實層面上來說，這也是鐵的事實！
　　由於他們的勇敢和堅強，三百多年以來，我們的察干蘇力德竟然就真的不曾有一時一刻落入敵手。三百多年以來，總是有子孫在小心

額爾克斯慶先生正在為我們講解。他著有專書《察干蘇力
德和他的跟隨者》。以蒙文編著，2005年7月，由內蒙古
文化出版社出版。

從高約三尺的平台上往下望，周圍是安靜的草地和柳樹，
還有亦師亦友的查嘎黎快速走過的身影。

翼翼地護持著，在謹謹慎慎地祭祀著，一直到今天還自由自在地飄揚在藍天之下……

　　是的，海日汗，在這鐵的事實之前，我們可以說：

　　「他們用自己的方式改寫了歷史。」

　　這樣的努力，是不是應該宣揚出去，讓海角天涯的蒙古人都能知道呢？

　　今天就寫到這裡吧，下一封信我會和你說一說「夏日塔拉」。

　　祝福。

　　　　　　　　　　　　　　　　　　慕蓉　2012年7月25日

1　此書《蘇力德的故事》，是烏審旗人民政府出版於2008年3月，撰稿人是奇景江、巴布兩位先生。奇景江就是我的好友查嘎黎使用的漢文名字。我在2007年與他初識，他帶我去探訪了許多處蒙古歷史上的重要地點和家族後代，也是兩次帶我去拜謁察干蘇力德的帶路者。他是黃金家族的傳人，成吉思可汗的嫡系子孫，曾經對我說想要把自己因此而獲罪的半生坎坷寫成一本書，書名都定了，卻不幸在2010年8月11日突然病逝。

驚聞噩耗之時，是8月14日，我人已在鄂爾多斯的阿爾寨石窟了，準備兩天之後與他在烏審旗相會，得到的卻是這樣的消息。那時接近正午，大空一碧如洗，我在阿爾寨石窟頂端的伊金霍洛旁肅立，心中默默誦念，是亦師亦友的引導者啊。一直到今天，我都在深深地想念他。

我們將獻祭的哈達繫在莨莨草叢之上。　夏日塔拉 2011．7

14 夏日塔拉

剛從祁連山深處跋涉前來的我們，
懷著滾燙的心，站在叢生的芨芨草之旁⋯⋯

海日汗：

今天，我們要來說一說「夏日塔拉」，一處我們難以忘記的地方，一個我們必須記住的名字。

「夏日塔拉」是蒙音漢譯，蒙文原意應該就是「黃草原」，也有人譯作「金色的草原」。而帶我前去的堯熬爾作家鐵穆爾又說，此處古稱「錫拉偉古爾大草灘」，也就是「黃畏兀兒大草灘」之意。

所以，這「黃」在這裡是指草色呢還是指族群？此刻的我們就無法判斷了。

不過，2011年的夏天，鐵穆爾引領著我們翻越過祁連山終於到達了這一片草原上之時，草色卻是青碧青碧的。

這裡果然是祁連山北麓最豐美的草場之一，兩千年前，也曾是匈奴生息之地。草場西端就有匈奴單于城的遺址。《史記・匈奴列傳・索引》中那一首〈匈奴歌〉那樣悲傷：

失我祁連山，使我六畜不蕃息；
失我焉支山，使我嫁婦無顏色。

然而，對於蒙古人來說，祁連山北麓的這片大草原，夏日塔拉，也是傷心之地。

1634年，大蒙古帝國最後一位可汗林丹汗曾在此苦苦期盼能有援兵從青海穿過默勒草原翻越高高的祁連山脈，經野馬川，通過大斗拔谷（扁都口）的隘口前來會合，好能一起對抗後金的攻勢。

然而從苦寒的初春一直等待到夏去秋來，援兵遲遲未到，可汗卻已病逝。蒙古帝國從1206堅持到1634年的四百多年滄桑歷史也在這裡寫下了最後的一頁。

林丹汗（1592-1634）畫像。

　　海日汗，我知道，你讀歷史的時候，好像歷史課本對林丹汗沒有什麼好的評語，就算是民間傳說裡，關於林丹汗也沒什麼好的故事，這位可汗，總是處在做錯事的那一端。

　　這其實是有原因的。

　　當然，一個失敗了的可汗一定犯了些錯誤，否則也不會失敗。一個亡國之君的運氣一定也不會太好，否則也不致於亡國。歷史課本裡的記錄應該不會離題太遠。但是，別忘記，取得了江山的滿清，卻有足夠的動機與時間在民間散播種種不利於林丹汗的謠言與傳說，久而久之，連我們蒙古人也跟著深信不疑了。

　　這才是最最令人傷心之處了。

所以，海日汗，我們現在可不可以重新回看一次不同的歷史，一部以蒙古汗廷為本位所書寫的歷史，好嗎？

　　有明一代，蒙古的可汗依然代代傳承於亞洲北方的蒙古高原之上，史稱北元。然而由於自己內部的分裂與爭戰，可說是民生凋敝，風雨飄搖，其間雖有明君出現，有了中興的氣象，然而總是不能持久。

　　在十六世紀末葉，雖然有圖門汗的勵精圖治，甚至還頒布了法典，號令各部蒙古遵守。但是，等到傳位給林丹汗的祖父布延徹辰汗之時，蒙古名義上的政治中心雖然還是蒙古大汗所在的察哈爾部，其實汗權已經再度衰微了。

　　由於自己的父親早逝，所以在祖父布延徹辰汗駕崩之時，林丹汗是以長孫之名即大汗位的。黃金家族的小王子原名理格丹巴圖爾，是察哈爾部中興君王達延汗長子圖魯博羅特的後裔，成吉思可汗第二十二世孫，他繼祖父遺下的大汗位之時，是1604年（明萬曆32年），那年他只有十三歲。

　　蒙古帝國當時的各個部族，無論是處於漠南、漠北或者漠西，都欺負這個小王子年幼。不但不再朝貢，甚至還有部眾劫殺大汗的使臣，掠奪其財物，真可說是無法無天了。

　　那時不單蒙古內部是各自分立，互相矛盾。而在外界，又有南方的明朝，東北的女真，以及北方的沙俄這三大勢力環伺在側，日子過得很不平靜。

　　小王子都沉著以對，不動聲色。

　　據說在林丹汗繼位的最初十年裡，史料中很少見到他的記載。至於一些零星的明史資料中，總是輕蔑地稱呼他為「幼憨」「新憨」「虎憨」。原來，在這裡，漢人的史官竟然將「汗」音譯為「憨」，可見明朝對蒙古人的敵意之深，對小王子的極度輕蔑了。

在烏審旗，祭祀可汗的聖燈歷經三百多年至今不滅。　2007．9

在2002年由內蒙古大學出版社出版的《蒙古民族通史‧第四卷》書中，我才找到幾行持平之論，書中說：

事實上，林丹汗在積蓄力量，臥薪嚐膽，力圖有朝一日重振汗權，恢復先人基業。

海日汗，這是從元朝覆滅之後，每一位北元的可汗念茲在茲的心願。我們這些後人在回看歷史的時候，會覺得這樣的心願未免有些誇大。但是，在林丹汗的時代裡，這卻是他終其一生也必須竭力達到的目的。

我們能夠怨怪他、譏笑他嗎？

其實，回看當年，在初初開始的時候，形勢似乎是頗為樂觀的。

1615年（明萬曆43年），十年生聚後的林丹汗開始出現在明人的記載中，成為戰鬥力極強的隊伍，一度攻陷明朝的廣寧，咄咄逼人，使原來被明朝視為「懦弱未威」的小王子，突然令人刮目相看，驚呼他為「虜中名王，尤稱桀驁」了。

為了拉攏他，來對付後金，1617年，明朝與蒙古建立了互市的關係。

與明朝和好之後，林丹汗開始積極進行他的統一大業，但是，原來在圖門汗時代還是蒙古附庸的女真，已經蛻變成為一個新興的強大勢力。1616年，努爾哈赤建立了後金國，1619年，在薩爾滸大捷之後，更是勢如破竹般地連下遼東七十餘城。

海日汗，這個時候，後金怎麼可能讓蒙古大汗復興祖先基業的心願實現呢？

努爾哈赤真可說是無所不用其極地來拉攏蒙古諸部。利用他們與林丹汗之間的矛盾，後金則顯示出種種的誠意，又是結盟又是聯姻

的，總之唯一的目的就是要讓林丹汗陷於孤立的困境。至於不肯受後金收買的其他蒙古部族，努爾哈赤就發兵攻打或擄其盟主，使得蒙古高原上的有些武力難以施展，遲疑不前。

　　海日汗，即使在這樣的困境之中，林丹汗還是堅持他要成為蒙古帝國真正的大汗的初衷。對外，他絕對不接受努爾哈赤的威逼利誘，對內，他還是要嚴懲叛逆，先後征討科爾沁、喀爾喀等諸部，要實現統一的理想。

　　而到了後期，為了扭轉局勢，還作西征之圖。從1627年的初冬開始西進，到1628年的九月，林丹汗以百戰之兵，可說取得了完全的勝利，史書上說他「東起遼西，西盡洮河，皆受插要約。威行河套以西矣。」

　　海日汗，如果不是明蒙關係惡化，如果不是後金日益強大，如果不是皇太極與蒙古諸部聯軍遠征林丹汗，在1632年（崇禎5年，天聰6年）的那個春天，四月，如果不是遼河暴漲，讓天災人禍同時發難，使得林丹汗倉皇棄守，讓自己苦心經營了幾年的西部根據地被後金奪去，讓部眾在洪水之中離散了極大部份，剩下的人馬最後只能逃奔到鄂爾多斯的毛烏素沙漠深處，如果蒙古帝國最後一位可汗的運氣不是壞到如此地步，歷史究竟要怎麼寫下去恐怕還不是我們所能猜測與想像的吧？

　　海日汗啊海日汗，今天的我們可以隨著眾人起舞，指責林丹汗不得人心，指責他一意孤行。可是，你要不要讀一段從另外一個角度寫的文字呢？

　　這段文字出自2002年北京國際文華出版社出版，劉志一編著的《尋覓克什克騰》書中第499頁：

　　清朝的某些歷史學家，為維護其統治者的利益，對林丹汗進行了

種種歪曲，說他「極端殘暴」，「不講信義」，故使所部相繼離散云云。事實上，林丹汗的失敗主要有兩個原因；一是蒙古內部一些封建主爭權奪利，不惜出賣民族利益依附後金。二是後金善於利用矛盾和使用破壞內部團結毒計，對一些願意歸順和動搖的蒙古首領，採取積極拉攏、利誘的政策……最後迫使林丹汗陷於孤立的境地，導致他所領導的抗清鬥爭最終失敗。察哈爾部林丹汗為維護蒙古族的獨立與統一，堅持抗清戰鬥近三十年，是蒙古族傑出的民族英雄。

完全不同的論點擺在眼前，海日汗，我的建議是你不必勉強自己，一定要馬上作出選擇和判斷。且讓這兩種不同的論點都同時進入自己的心中，然後再讓時間和經驗逐漸累積，慢慢等待答案自行出現的那一天吧。

而我呢？

我是在2011年的夏天，跟隨著好友鐵穆爾的帶領，終於來到了夏日塔拉。

昔日無邊無際的大草原，已經被零碎的農田和無所不在的鐵絲網分隔得遍體鱗傷。可是，剛從祁連山深處跋涉前來的我們，懷著滾燙的心，站在叢生的芨芨草之旁，只覺得草色依然青碧，蒼天依然浩瀚……

遙想當年，1604年即位的小王子只有十三歲，十年生聚之後，1615年聲威大振的年輕可汗也不過二十四歲。1628年西征全勝之時的林丹汗是三十七歲，而1634年在夏日塔拉含悲離世的我們最後一位可汗是四十三歲。

何等艱辛的三十年！何等勇猛，不屈不撓的三十年！無論何等沉痛的打擊也從不曾輕言放棄，直到臨終還在期待重新出發，這樣的可

汗，即使因為命運逼迫不得不成為末代的可汗，也絕不能說是他亡的國吧？

　　2011年的夏天，我們站在夏日塔拉的西端，遙望著祁連山中那長長的隘口大斗拔谷的方向，雙手捧著哈達跪下，俯首默默祝禱，然後再起身，我學著鐵穆爾的動作，也把手中的哈達繫在芨芨草上。剛好有風拂過，絲質的長哈達也輕輕隨風翻飛，末端轉過來觸碰到我的手背，彷彿傳來一種輕柔的撫慰。

　　海日汗，我相信，這是夏日塔拉給我的回答。

慕蓉　2013年1月29日

往昔的追想　烏蘭巴托 2006 · 7

15 察哈爾部

利劍之鋒刃，盔甲之側面，
這是察哈爾萬戶。

海日汗：

　　學者薄音湖教授多年前讀到我的散文，有感於我對自己遙遠的故鄉「察哈爾盟明安旗」一無所知的困境，曾經寄給我一篇他的論文〈關於察哈爾史的若干問題〉，我視若至寶，一直放在書架上，今天摘抄幾段放在給你的這封信中。

　　這是因為，前天才寫完了給你的上一封信〈夏日塔拉〉，但是心中卻湧現出許多不斷的感觸與悲傷，不得不再把信紙攤開，也把我心中的未盡之意再努力地尋找出來。

　　一切要先從這「察哈爾部」寫起。

　　薄音湖教授在文中一開始就說：

　　明代蒙古中興君主達延汗（1474-1517）在十六世紀初統一東蒙古後，建立了六萬戶，並分封諸子為各萬戶及萬戶之下各鄂托克的領主，由此確立了成吉思汗黃金家族對於全蒙古的牢固統治。察哈爾是六萬戶之一，亦即大部落集團的名稱，直屬於大汗，其地位崇高，勢力強盛，在政治和軍事諸方面的作用舉足輕重。由於史料的限制，對於察哈爾的研究尚遠不夠充分，本文擬在前人研究基礎上，就有關的問題繼續進行探討，希望有助於這些問題的解決。

　　然後，薄音湖先生才開始進入正文，關於察哈爾的起源、諸部的組織沿革以及統治機構的運作等等。不過，今天我只找出極少的一部分放在信中，我想，你如果有興趣，改天我再把薄音湖教授的這篇論

文轉寄給你吧。

談到「察哈爾」這一個名稱的詞源，教授說法國的伯希和曾從語言學的角度做過推測，應該是來自波斯語（意指「家人」或者「臣僕」），這名稱又源於唐代突厥軍隊的一種，稱為柘羯。在突厥語意中意為「戰士」，再轉入蒙古語，仍是戰士之意。

因此，薄音湖教授說：

按照上述，大體可做如下推測：波斯語詞čakar 至少在唐代就已在中亞流行，被當作募集的軍隊的名稱，此種軍隊隨突厥統治者進入中國，以柘羯（tcǐa kǐet）載入史書，這個詞在唐以後仍然存在於蒙古高原，蒙古興起後成為蒙古語詞čakar（察哈爾）並流傳下來。如果這樣的推測可信，那麼蒙古語「察哈爾」一詞是有其久遠的歷史淵源的。

「察哈爾」的蒙古語詞意，仍然如《新唐書》所言，表示「戰士」的意思。大約成書於十七世紀初的《大黃冊》所載達延汗六萬戶的贊詞，就說：「利劍之鋒刃，盔甲之側面，這是察哈爾萬戶」。在鄂爾多斯流傳下來的成吉思汗祭詞中，關於察哈爾頌歌的內容也大體如此。贊詞和祭詞表現的察哈爾形象，正是勇猛的武士。贊詞和祭詞關於永謝布（永謝布加上喀喇沁、阿速特為一萬戶）曾為蒙古貴族提供「馬奶佳釀」的記述，有很高的準確性，我們認為，關於察哈爾的記述，也同樣反映了蒙古人對這一詞語的準確記憶。

所以，海日汗，我父親的故鄉察哈爾盟（今稱錫林郭勒盟）就與這一切都有了關聯了。而我也能在玄奘的《大唐西域記》裡，找到關於「柘羯」（此段文字中稱為赭羯）性情的形容：

新疆博爾塔拉自治州的晚會上，蒙古孩子演奏馬頭琴。　2005・7

　　颯秣建國，周千六七百里，東西長，南北狹。國大都城周二十餘里，極險固，多居人。異方寶貨，多聚此國。土地沃壤，稼穡備植，林樹蓊鬱，花果滋茂，多出善馬。機巧之伎，特工諸國。氣序和暢，風俗猛烈。凡諸胡國，此為其中。進止威儀，近遠取則。其王豪勇，鄰國承命。兵馬強盛，多是赭羯。赭羯之人，其性勇烈，視死如歸，戰無前敵。

　　海日汗，颯秣建國，也被稱為康國、康居和薩末鞬，就在今天烏茲別克的薩馬爾罕。玄奘在西行經過之時，正是此國國勢與文化都在鼎盛之際。
　　而我獨鍾此處關於赭羯，也就是戰士們的描寫。我想要把這些描寫的詞句，拿來轉放在守護蒙古黃金家族的「察哈爾萬戶」的身上，

想他們隨著北元汗廷四處征戰之時，是否也如玄奘所形容的那樣「其性勇烈，視死如歸，戰無前敵」呢？

　　原來在達延汗時期，察哈爾部的駐地更為廣大，從克魯倫河下游一帶，蒙古國的東方省一直往南包括現今的內蒙古呼倫貝爾、錫林郭勒盟等地。等到十六世紀四十年代的時候，察哈爾部南下到希喇木倫河流域和流域以北的地區游牧。（此處即克什克騰₁，我母親的家鄉，也屬察哈爾部₂。）

　　在林丹汗時代，忠心耿耿的察哈爾部眾隨著他東征西討，始終不離不棄。海日汗，在寫給你的第十三封信中，我曾向你說及林丹汗的蘇泰皇后在可汗駕崩之後，攜皇子向後金投降的歷史事件。你可知道，原來在歷史的背後還有一些我們不太知曉的情節。林丹汗在1634年夏秋之際病逝在夏日塔拉，此時，大蒙古帝國的后妃卻力持鎮定，撐持著這艱困的局勢。林丹汗的蘇泰皇后在攜皇子降清之前，也曾有縝密的安排。

　　在奉喪途中，她與另外一位妃子囊囊可敦商定，把察哈爾部剩餘的兵力分成兩部分，一部分跟著蘇泰可敦降清，另外一部分不動，由囊囊可敦率領，依舊駐守在夏日塔拉之上，等候消息。

　　如果蘇泰皇后與皇子在降清之後遭到鎮壓，囊囊可敦還能及時帶兵去支援，無論如何也要把皇后與皇子救出，這應該算是察哈爾部拚死以赴的最後任務了吧。

　　而為了表示投降的誠意，蘇泰皇后帶去的是國之重寶護法神像嘛哈噶喇佛像以及傳國玉璽。後金大喜若狂，對蘇泰皇后與皇子禮遇有加，對於跟隨前來的察哈爾部眾雖然有了分散和改編的事實，卻也沒有妄加殺害。

　　消息傳來，於是，屯兵於夏日塔拉的囊囊可敦就不再東進，知道

一個無可挽回的命運已然來臨。於是，改為帶領她的這一部分察哈爾兵丁再往西行，一直走到新疆西北部的山川之間去駐牧，從此成為德額得蒙古。他們的後代，與後來被清廷征調去新疆戍邊的察哈爾蒙古在今天同屬新疆博爾塔拉蒙古自治州的蒙古居民。

海日汗，整個清朝，無論是早期還是後期，對察哈爾部始終懷著很深的戒心，總是害怕這些對蒙古汗廷忠心耿耿的部眾隨時會東山再起，於是不斷地將他們分割、拆散、抽調。除了廢去所有的貴族封號之外，還將原察哈爾部重新仿清制編為八個札薩克旗，又以戍邊、駐防等等藉口，將察哈爾人分散到蒙古各部各地，幾乎可以說是四散飄零了。

但是，奇怪的是，即使在史書上已經標識著「察哈爾部的消失」，四散的察哈爾人卻從來沒忘記自己的來處。海日汗，請你相信我，即使像我這樣一個生活在台灣的蒙古人，由於自己的父母出身於察哈爾部，因此，無論去到蒙古高原任何一處，都有察哈爾鄉親前來相認。甚至往更西，去到新疆，還沒到博爾塔拉自治州呢，已經有人傳話過來，2005年的夏天，巴岱主席笑著對我說：

「博州的人知道你要來，都說，我們的姑娘回來了！」

新疆博爾塔拉蒙古自治州的蒙古人，有許多是在兩百八十年前被清廷從察哈爾部選送到此作為卡倫實邊的。他們來自我父親的故鄉，我當然就被他們視作是親人了。

而到了博州之後，那種親切和誠摯，是從心底深處自然湧現出來的感覺。我不能不相信，生命本質越是受到挫傷，那反擊的力量卻越是堅強。劫後餘生的察哈爾部眾，歷經三百多年的天涯離散，卻始終不改其志，不忘其本源。就像在鄂爾多斯烏審旗守著蒙古帝國的察干蘇力德的那些多年默默傳承的護旗手們，也是我們察哈爾部的人啊！

巴岱主席與我，2007年春再相遇於交河故城。　兆鴻 攝

海日汗，關於「察哈爾部」這個題目，學者們還可以寫多少篇論文？還有多少可以細細思索和分析的課題？

2005年的七月初，從北京先飛到烏魯木齊，見過巴岱主席之後，又認識了達林太先生和他的夫人米其格。

米其格一見到我就說我和她是同屬一個部落，我們彼此都覺得非常親切。晚餐席間，米其格向我說起她的父親。她說，在她父親七十七歲的時候，無論如何也想要回察哈爾去看一看。其實她父親出生在外地，從來沒有見過故土。而且所謂故鄉，其實並無一個親人（親人應是早早已遷徙到新疆了，甚至比父祖或許還要更早上幾代）。可是，她的父親一定要回去。七十七歲，一個人從新疆回到察哈爾盟（今稱錫林郭勒），算是終於遂了心願，回來之後，第二年就故去了。

米其格說：

「爸爸從錫林郭勒回來之後，只帶回來當地人送他的一件察哈爾式樣的袍子，他過世的時候，是穿上這件袍子入殮的。」

我們相對默然。土地、血緣、歷史和文化的認同，到底是什麼在影響著我們的一生？

這一切，應該不僅僅是安靜的根源而已，還會是一種呼喚，一種心深處的嚮往吧？

海日汗，有誰能給我們更為詳盡和更為確實的解答呢？

慕蓉　2013 年 1 月 31 日

1　「克什克騰」這個地名在《蒙古祕史》中被漢譯為「客失克田」，旁譯為「扈衛們」，是成吉思可汗創立大蒙古國時的護衛軍。在《蒙古源流》書中稱，此地是察哈爾屬部之一。

2　剛好可以在此澄清一則傳聞。多年來在網路上的資訊，常說「席慕蓉出身蒙古王族」，這是錯誤的。我們家只有外祖母是黃金家族的子孫，我只是一介察哈爾部的平民而已。

青海塔爾寺的院牆　2011・7

16 回顧初心

原來，初心也是可以逐漸蛻變的，
如彩蝶之掙脫繭居……

海日汗：

新春愉悅。

今年舊曆年我們有九天連假，天氣還不錯，所以台北人都往外跑，不出國的也往四周的風景區散心。我住的淡水，算是北海岸上離台北最近的景點，一到這個時候，周邊的大小道路總是壅塞難行，最好的方法就是不出門，以免和這些遊客湊熱鬧。

靜居在家，人卻沒閒著，整理書架和書櫃，翻出許多舊日的筆記，又看到了我初中二年級的日記。幾十年前的舊本子，紙頁已發黃變脆，可是字跡還非常清楚，那還真是我第一本正式的「日記本」，是為我補習數學的張老師送給我的。我驚訝地發現，生命的初心竟已在此萌芽，你願意看一看嗎？

當然，初中二年級的我，文句很不通順，想法也很幼稚，可是，為了存真，我只有刪除、摘抄，卻絕無改動與修飾，每一個字，包括標點符號，都是當年的我寫下來的心聲：

1955・1・2（日）

早上十一點多到車站去送張老師入伍，找了好久才找到。半年不見了，他一切依舊，只是穿上了軍裝，在陽光底下，看起來顯得很精神。

母親和清姨在和別人閒談天，他卻笑著遞給了我這本東西，我初不以為意，只是默默的撫弄著，後來我問他挾在腋下的是什麼東西，他說和送給我的東西一樣，我才知道，他送給我的，就是這一本日

記，心裡很奇怪，他怎麼會知道我想要的呢？默默的我站了一會兒，他們便催我們走了，因為火車在十二點三十五分才開，於是又離開了。不知道舊曆年他回不回來。

　　我從接到這個冊子後，心中已立志要好好的珍惜它，像珍惜那已逝去的歡樂一樣，事情過去了總是好的，願我在以後，仍能帶著它，走遍天涯，帶著它，記起了我那昨日的夢痕。

　　故此，我在第一頁上，留下了空白，因為那是昨天的事，我不願填滿了它，讓它保持潔淨吧！在我的以後悠長的日子中。

1955・1・5（三）

　　今天遲到了，巢老師已經在上課了，輕輕的說了聲「報告」溜到位置上，忐忑的。老師卻一聲也不出，只是略帶責備的看了我一眼。是那麼溫柔的眼神啊，老師，寬恕我……
　　美術課老師誇了我一番，說全班畫得最好的，便是我，心裡不由得一陣愉快，我忽然覺得，我雖很寂寞，但我仍有快樂可以安慰我的心靈。

1955・1・7（五）

　　昨天沒記，因為趕著寫地理習題。
　　想起了昨天地理課堂上，老師說蒙古人的生活時，竟說得如此的輕薄，我也許不懂什麼叫悲憤，但昨天，堂上，我實在的才受到這感情的侵略，當同學們聽到老師故意幽默而卻變成輕薄的說話而笑時，

我，卻在暗暗的悲泣，是我們——成吉思汗的子孫有罪嗎？受到了這些侮辱。

我要發奮圖強，就須在今日做起，擔負起整個重責——復興民族的重責。

1955．1．31（一）

一月的最後一天，平淡的過去。

這一年中的頭一月，也是我一生中頭一月的日記。雖然有很多天沒有寫，可是，我總算還沒有荒廢，「莫貪多，貴不斷」，願下月，我將夜夜填滿頁頁。不斷的寫。

海日汗，我這「一生中頭一月的日記」還算認真，長長短短的也寫了二十天，我從其中摘出這四篇來。

其中一月七日這天的日記，最後一段的文字看起來實在非常可笑、幼稚而又狂妄，可是我考慮再三，還是把它保留了下來。

因為，那是年少的孩子在受到難以置信的傷害之時，所做出的強烈反應，恐怕不如此，她不能給自己療傷。

說來也湊巧，「一生中頭一月的日記」裡，竟註記了我這個蒙古人一生中頭一次遇上的正面傷害，發生的時間、地點以及因由。

頭一次面對，當然不能同意如此充滿歧視、充滿誤解的對自己民族的詮釋，可是卻因為師生之間地位的懸殊，再加上本身也沒有足夠的知識去奪回那個詮釋的權力，因此而終於發現，自己原來是一個遠離了族群的蒙古人，無知無識乃至於百口莫辯。只能含著滿腔怒火，在課堂上默默忍受，等面對日記之時才來說些很重的話，發很重的誓。

奇怪的是，這並不僅僅是我一個人的經驗。對生活在台灣的蒙古孩子來說，初中二年級地理課本上「蒙古地方」的這一堂課，幾乎令每個人都永生難忘！

　　「蒙古地方」這堂課，課本上的文字應該沒出什麼差錯，差錯出在授課老師道聽途說卻又恍如親見的繪聲繪影的「幽默講解」。

　　多奇怪的事！這些蒙古孩子不可能在同一時間裡就讀同一所學校，更不可能在不同的時間和學校裡遇見同一位老師，可是，幾乎大部分的蒙古孩子都在這堂課裡被刺傷了。

　　這是被一個多麼根深蒂固的教育體系所造成的傷害啊！

　　多年之後，我曾經問過幾個人，他們是怎麼熬過了那一堂課的？

　　我溫和的妹妹在那堂課程的反應竟然比我強烈，她說她站起來和老師辯論，雖然沒有結果，不過老師課後也沒要記她什麼「小過」或者「大過」。

　　有的男生是站起來抗議就被老師以「對師長無禮」記過處分，有人氣得背起書包就走出教室，還有位已屆中年的婦人，曾經微笑向我回答，當年的那堂課，她是一路從教室哭著跑出來，哭著跑回家去的。

　　當然，半個世紀之後，在充滿了各種資訊的環境裡，老師授課，應該不會再像當年那樣的輕率和武斷了吧。

　　今天的我，從另一方面來想，或許，初中二年級的那一堂地理課，對我們這些住在台灣的蒙古人來說，也不是只有負面的影響。

　　至少，原來渾渾噩噩地過著日子，從來不覺得自己與周圍的同學有什麼差別的蒙古孩子（如我就是），好像都從這一堂裡醒來，開始面對自己，開始去思索自己的根源了。

喀那斯湖　新疆 2005・7

初心從此萌芽。

但是，年少的我們，還沒有能力去明辨這初心的真義。譬如我在日記本裡寫下「復興民族的重責」這句狂妄的話，其實是因為當時沒有足夠的字彙，更沒有足夠的知識來剖析自己所謂的「悲憤」而造成的語誤。

年少的我是察覺了自己的責任，知道自己應該要負些什麼責任，卻又不知道要從何做起？

五十多年之後的我保留了這句話，是想來替當年的我以適當的方式重新再說一次：

面對著這樣的傷害，我們當然是要負起責任來的。

至少至少，不能永遠無知無識，不能永遠百口莫辯。做為一個生活在現代的蒙古人，要拒絕他人一直以如此傳統如此本位的觀點來詮釋蒙古民族，唯一的脫困之道就是要先去尋找自己。

至少至少，我們要對自己的根源有了解，對自己的文化有興趣，對自己的土地有認識，對自己的民族有敬意。

至少至少，我們要知道自己是誰？從何處走來？現在正在什麼位置？又可能會走往什麼方向？

要把「知道自己」做為必修的課程，甚至做為生命裡的「重責」而擔負起來，這樣才可能讓自己變得比較堅強，比較靜定。萬一又有一天要面對這樣的困境，想必就可以從容發聲，而不致於只能任由他人詮釋，我們本身卻只能感覺到無言以對的窘迫與疼痛了。

海日汗，我必須向你承認，真正的領悟不過才是這幾年的事。原來每一絲微小的線索都與原鄉有著關聯，原來每一顆幼稚的初心都牽繫著自己以及族群的命運。

整個年假就這樣過去了，答應了給別的刊物寫的稿子還一直不能

開始，海日汗，想對你說的話，還真是如「重責」一般的壓在我心上呢。

　　海日汗，我知道你已經開始走上「尋找自己」的這條長路了，或許，我們的開始都是為了那可以充實自己的「知識」。可是，我忍不住想在現在告訴你，幾十年之後，你所將要獲得的，除了知識之外，還有一種難以形容的「自信」與「自由」。

　　我不知道要怎麼解釋？我的意思是說，當你開始逐漸進入蒙古高原的山川大地之上，當你開始逐漸接近游牧文化的豐美本質的時候，好像當初立志要向人奪回詮釋權的那種目標竟然變得一點也不重要了。

　　是的，當你真正找到了自己、知道了自己之後，他人如何詮釋又怎麼可能對你造成任何傷害呢?!

　　原來，初心也是可以逐漸蛻變的，如彩蝶之掙脫繭居。海日汗，請你一定要相信我。

　　也謝謝你願意讀完這封信，陪我一起，回顧我的初心。

祝福

慕蓉　2013年2月20日

又及：

「一生中頭一月的日記」，能夠存留到今天，要感謝我的母親。

在我們姊妹陸續從大學畢業再出國進修的時候，離家的前夜，母親總會要我們把捨不得丟棄卻又帶不走的東西交給她保管。一人一個小小的箱子（我記得自己的是個四方的小籐箱子，細籐編的，在香港讀書時稱作「書籃」的），我的幾本日記本就放在裡面，等到六年之後，回到台灣，母親原封不動的把這個小書籃交還給我，帶著欣慰的笑容。

我現在回想，母親幫我保存下來的，好好收藏著的本子和小物件，除了是慈母的慧心和愛意之外，是不是還隱藏著一種潛意識裡的補償作用？

補償她自己在前半生的亂世裡所不得不失去的一切？

克孜爾尕哈烽燧　新疆2007·5

17 一首歌的輾轉流傳

大地黑暗　我心中何等的孤獨與絕望
於是唱起了這首歌唱出我無盡的悲傷

海日汗：

那是在西元 2000 年的秋天，在落葉松把大興安嶺染成滿山金黃的季節，第一次聽到這首歌。

和已經熟識了的朋友陳黎明、白龍，還有他們的攝製團隊一起上山，在迂迴的山路上，第一次聽到了這首悲傷的蒙文歌。

白龍一邊開車，一邊用漢文向我翻譯歌詞的大意，我手邊沒有紙筆，可是都記在心裡了。回到台灣之後，還把它寫進一篇散文裡，散文的標題就直接用了白龍譯給我的歌名，叫做〈金色的塔拉〉。

這篇散文也是以我當時記下來的歌詞作為開頭：

在金黃色的曠野之上
因著悲傷而唱起的這首歌
這裡找不到紙張
只能用我的衣襟
在沒有墨汁書寫的路途裡
只能以我的鮮血代替

金葫蘆裡的奶酒啊
獻給父母品嚐吧
父母要是問起我
就說我還在路上吧

十兩銀子的玉鐲啊
獻給愛妻佩帶吧
愛妻如果問起我

就說我還在人間吧

愛妻如果問起我
就說我還在人間吧……

　　那一年，是我第二次登上大興安嶺，已經快到九月底了，金色的
大興安嶺的光彩已經稍稍沉靜了下來。夜裡剛下過一場大雨，那時還
是用細沙石鋪成的產業道路由於濕潤而呈現出比晴天時更為沉穩的土
黃色，有深有淺，時而往上時而往下地在林間迴繞。山路旁有時就是
陡直的峽谷，峽谷低處，總有閃著細碎鱗光的河流在山腳跟著我們曲
曲折折地流淌著，切割著。白龍告訴我，那就是激流河，是史冊裡寫
著名字的激流河啊！
　　那個秋天的下午，這首悲傷的歌就伴著我們在山路上繞行著。白
龍說，這應該是一首古老的蒙古歌謠，有人說是寫在清朝，有人說更
早，應該是描寫軍人征戰的悲苦吧。
　　白龍還告訴我，「塔拉」是蒙文「曠野」之意。
　　因此，這首歌就一直以〈金色的塔拉〉這個名字存在我的記憶中
了，而那篇以歌名為文題的散文也在西元2002年二月放進了我在台北
九歌出版的《金色的馬鞍》書中。
　　到了西元2007年的八月，我應邀赴鄂爾多斯烏審旗參加第二屆的
「察罕蘇力德文化節」，在和朋友們乘車前往薩拉烏素河考古現場參
觀的途中，有人又唱起了這一首蒙文歌，並且告訴我聽，這首歌恐怕
是已經到了近代，民國初期，軍閥在烏審旗鎮壓蒙古族人之時所產生
的一首歌。
　　當時在車中的朋友裡，有人就不同意，他認為這首歌的時間應該
更早才對，說不定早在元朝……

阿柔部落的牧民在轉往夏季牧場。　祁連山中2011‧7

他們彼此爭執不休，每個人都想法子舉出一些證據來，譬如地名或者幾場有名的征戰等等。在一旁聆聽的我，當然是完全沒有資格加入這場辯論的，我只是再次被這首歌中深深的悲傷所感動，然後，時間就一年一年地過去了。

　　是的，海日汗，時間就這樣一年又一年地匆匆過去，一直到今天早上。

　　今天，已經是2013年的三月二十日，早上十點多鐘，我在淡水家中接到一通電話，這首歌忽然又出現了。

　　電話是母親家鄉克什克騰的白音巴特爾先生打來的，距離我們去年夏天在阿魯科爾沁的相見，已經有半年多了。這次他是受朋友的委託，邀我為一位攝影家的作品新集寫序。

　　這位攝影家的作品我早就見過，並且非常喜歡，所以馬上就很高興地答應了。

　　由於也是幾個月沒有通音訊了，所以接下來我們就互相交換工作近況。我向白音巴特爾先生說，由於心裡累積了許多想說的話，所以前一陣子連續寫了幾封給你的信，有關於「夏日塔拉」的，也有關於「察哈爾部」的。

　　然後，突然間，我就聽到白音巴特爾先生對我說：

　　「我覺得〈夏日塔拉〉這首歌，或許應該就是林丹汗逝世之後，悲傷的戰士們之中，有人開始唱出來的。」

　　海日汗啊海日汗，是直到今天，直到這一刻，我才猛然醒悟，一直存放在我記憶中的〈金色的塔拉〉這首歌，蒙文的原名當然就是〈夏日塔拉〉！

　　一切只因為自己的欠缺所造成的無知。自己既不通蒙文，在西元2000年的時候，對北元汗廷的歷史還幾乎在空白狀態，因此，白龍在大興安嶺上給我翻譯的時候，我只記住了漢文的譯名，因而在這麼多

年裡面，都忽略了其中的關聯。

海日汗，即使我之後逐漸知道了一些北元的歷史，並且還真的從青海穿過默勒草原再翻越過高高的祁連山去到了夏日塔拉。但是，即使在給你寫關於夏日塔拉的那一封信時，我還完全沒有想起這一首悲傷的歌來。

可是，一切又好像都還來得及。

海日汗，這就是我越來越覺得不可思議之處。

我越來越覺得，在蒙古高原之上，好像是有一種力量在默默地牽引著我。在某一個特定的時刻，總會有訊息出現，教我如何修正自己的想法，如何避免錯誤。

海日汗，你看，剛在前幾封信裡遺漏了這麼美好的線索，今天就有朋友打電話來提醒我，而在此刻的這封信裡就可以補上，對我來說，這是何等的幸運！

白音巴特爾先生還說，蒙古民間還有一些看法。

譬如在〈夏日塔拉〉這首歌中，歌詞的組織以及唱腔等等，都具有內蒙古東部歌曲的特色，也就是「漢化較深」的特色。

例如「金葫蘆」裡的奶酒，以及「十兩銀子」的玉鐲等等這樣已經漢化了的詞句，恐怕不會是元朝或更早的蒙古，也不可能是內蒙古西部一般的用法。它們應該是已經到了明朝，在內蒙古東部一帶漢化較深的蒙古族群中的產物。

可是歌中的主要背景卻是在內蒙古西部的夏日塔拉。所以，民間推測應該是林丹汗西征時，他的部眾從東部帶過來的一些習用的詞句，而這次西征，也應該算是明末清初那段時期中最著名的征戰。

聽我談起2007年在鄂爾多斯烏審旗時，有人對這首歌的時代背景另有解釋，白音巴特爾先生回答我說，這首〈夏日塔拉〉傳唱到今天，歌詞已經有了十幾個版本，如果烏審旗的朋友堅持它與民國初年

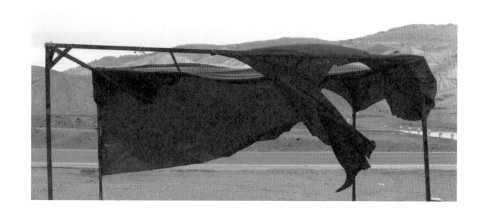

天山一角　新疆2007．5

軍閥挑起的戰爭有關，也是可以成立的。然而，最古老的版本或許應該是出現在林丹汗時代，在屬於北元汗廷的最後的那個秋天。

　　白音巴特爾先生還說，他每次唱起了第一段，就覺得是在黑暗的草原上，激烈的戰爭剛剛結束，一個負傷的士兵，孤獨地唱出了自己的心聲……

　　海日汗，在1634年那個最後的秋天，察哈爾部的戰士裡，究竟是誰？究竟是誰在黑夜裡唱起了這一首歌呢？

　　　孤單地坐在夏日塔拉厚厚的草墊之上
　　　凝視那東昇的明月直到它西沉在天邊
　　　大地黑暗　我心中何等的孤獨與絕望
　　　於是唱起了這首歌唱出我無盡的悲傷

海日汗，這並不是準確的漢譯。只是在電話中聽到白音巴特爾先生對我講述了歌中的第一段，和我從前記憶中的有所不同，又想試著讓漢譯的歌詞也能像蒙文的歌詞一樣有著彼此呼應的音韻，所以在這裡先來試一試。

不過，當然，真的要把這首歌好好譯成漢文，恐怕還要去找到完整的版本，再去慢慢下功夫的吧。

你知道嗎？海日汗，今天下午，我又忍不住打電話給白龍了，他也還記得十幾年前在大興安嶺上我們一起聽這首歌時的種種。白龍說，當時他就給我翻譯過「月亮從東昇到西沉」的那一句，所以，我記憶中的歌詞果然並不完整，是我在匆忙中遺漏了，幸好，現在還來得及補上去。

海日汗，我因此而不得不相信，在蒙古高原上有緣遇見的許多位朋友，他們都在引領著我往更為美好的目標前行，即使只是一首歌的輾轉流傳，也希望它能有更為清晰的答案。

你同意嗎？

夜已深了，今天就寫到這裡吧。

同時寄去我的祝福。

慕蓉　2013年3月30日
午夜過後

黑水城內的我　陳素英 攝 2005 · 10

18 生命的盛宴

她的質地，可以真實到如血肉骨骼，
也可以縹緲到如夢中之夢。

海日汗：

你一定會發現，最近我寫信寫得很勤。

是的，原因無他，我終於定下目標，要在今年秋天以前，把《寫給海日汗的21封信》以傳統的紙本書形式出版。這樣，或許在九月，或許在十月，我就可以親自把這本書從台灣帶到內蒙古，當作我們見面的禮物了。

（我還是不會上網，「席慕蓉官網」是在台北的圓神出版社大力協助之下才成立的。所以我仍然是「手寫版」，一個字一個字寫出來之後才由圓神的朋友們打字再放上去的。這一切都是為了遠在內蒙古的你可以即時收到。但由於我還是個「山頂洞人」，因此一本印刷與編排都深得我心的紙本書仍然是必要的。）

其實，寫信給你，好像也是寫給我自己。（這種感覺，我已經向你說過許多次了吧？）

最近，評論家張瑞芬教授對我在1989年夏天踏上蒙古高原之後的散文寫作方向有了如下的評語：

時間猶如一片廣袤無邊的草原，引領她到達自己也不知曉的遠方。[1]

我覺得這一句評語幾乎就涵蓋了我的大半生，而且關鍵就在「自己也不知曉」這六個字上面。

從事情經過的表面上看來，的確如此。在多年以前，雖然寫了不少以「鄉愁」為主題的文字，自己卻從來沒想到有一天會真的踏上那

片土地。

即使後來見到了，可是，在1989年夏天之後的那初初幾年裡，也還不能知曉自己與原鄉的接觸，其中究竟具有什麼樣的真義？

是的，海日汗，任由廣袤無邊如草原般的時間如何引領，那關於「遠方」的許多珍貴訊息，我至今還不能說是「知曉」。

可是，我又好像有點感覺到了。

這幾年來，我逐漸發現，有些訊息，並不以我們習慣了並且依賴著的方式現身。它不是以「知識」「理論」或者「形象」「光影」種種可見可知可學習可掌握的方式出現，但是我又逐漸感覺到它的存在……

這樣的說法有點混亂，所以，海日汗，讓我換個方式來解釋一下吧。

或許可以這樣說，我和同代的許多人一樣，由於生在亂世，所以更需要尋找到一處時空座標，好為自己的存在下個理直氣壯的定義。

而我從1989年夏天持續到如今的「還鄉行動」，當然只是單純的個人行動，卻沒想到，竟然參與了一場牽連甚廣的實驗。

我，這個極為渺小的個體，從踏上了蒙古高原那一刻起（當然，準備的時間則久遠到難以估量），就參與了這場「自己也不知曉」的實驗，等同於一個涉及到人類學、遺傳學、生物學、民族學、社會學，甚至政治學等等範疇裡的試驗品，一個親身實地的試驗品。

譬如初見草原的那一瞬間，興奮而又錯愕，那熟悉度與親切感一如舊地重遊。

當時卻難以分辨其中真義，只會不斷驚呼：「我好像來過啊！我來過啊！」

要到了近幾年，才在回顧之時慢慢理清了其中的一些訊息：

原來，所謂「血脈」，所謂「基因」，這種種的牽連，竟然是要用自己的肉身，用我的身體髮膚在那相遇的瞬間所直接呈現的反應來作驗證的。

　　原來，這座高原，表面上與我雖是初遇，卻絕對是生命最深處那靈魂的舊識。

　　恍如與魂牽夢繫的故人重新相逢……

　　我的身體是在現實的世界裡，隨著奔馳的車子正橫越過無邊的草原，為什麼我的感覺卻像是漂浮在一場極為熟悉的夢境之中，似真似幻，如醉如癡？

　　是什麼樣的植物種子曾經在這片大地上萌芽生長？是什麼樣的飛鳥和野獸曾經在這座高原上飛翔和奔馳？是什麼樣的生活乃至於求生的方式，順應著氣候的改變而逐漸調整到最後終於成型？

　　是什麼樣的先民的記憶，若斷若續，竟然可以與幾萬年幾千年之後的我們，有了牽繫？

　　那麼，一直以來，我自以為認識的這個眼前的我，自以為，由於生在外地，因而大半生都是他鄉遊子的我，有沒有可能，在生命的最深處，有些什麼質素，其實從來也不曾離開過蒙古高原？ ₂

　　海日汗，真的，有沒有可能，在我們的身體裡，有一處「近乎實質與記憶之間的故鄉」在跟隨著我們存活？

　　不管她是藏身在我們目前所知的身體的哪一部分，是在主管記憶的海馬迴裡還是夾雜在掌控情緒的杏仁核之間？或者有可能是更早更悠遠的那個古老的原腦？

　　（海日汗，我忍不住要在此加插一句，「原腦」是處於我們腦部中央極小極深極頑強極溫柔又極不可理喻的聖殿啊！原來，所有的愛戀火苗都從這裡開始燃燒。）

秋日草原上的我　孟松林 攝　呼倫貝爾 2009 · 9

海日汗，原來，我在蒙古高原上的行走與書寫，就是這項實驗中的一部分。這「自己也不知曉的遠方」，有可能是遠在天邊，但是也有可能是近在眼前甚至貼近到就在我自己的身體裡面。

　　我相信，不管她藏身於何處，她都會是我們生命裡的生命，靈魂裡的靈魂。她的質地，可以真實到如血肉骨骼，也可以縹緲到如夢中之夢……

　　也因此，我有了一個與從前的我不一樣的想法。

　　從前的我，一談起蒙古高原就常會激動、落淚，自己也難以控制。記得有一年（1991）我在台灣邀請朋友去烏蘭巴托參加蒙古國的國慶盛典之時，好友蔣勳就曾經在出發前笑著對我說：「席慕蓉，你只要答應我在這一路上你不會亂哭，我就跟你去蒙古，好嗎？」

　　像是玩笑話，卻也是實情。在1989年之前，在我的朋友之中，席慕蓉的「愛哭」是早已為眾所共知的了。

　　在那個時候，我總以為心中那巨大的空洞是因為尋不到故鄉，找不到可以安置自己的地方才形成的，我以為這些淚水是軟弱的象徵。

　　但是，海日汗，我現在的想法卻不大一樣了。

　　有沒有可能？在生命過程中有些牽扯與失落，包括那隱忍的委屈或者突然的落淚，主角並不是我？而是住在我身體裡的那個她？

　　由於我的無所察覺，由於我的不肯回答，因此，一切突來的波動，反而是那隱忍了長久的寂寥與無望的她所造成的吧？

　　海日汗，我們人類對於自己，其實所知真是不多啊！

　　所謂「母土」，所謂「原鄉」，她的存在與存活方式，恐怕也是遠在我們的知識範圍之外了。

　　我能說出來的只是，近幾年來，心中那種跟隨了我大半生的「空落落」的感覺已經消失，而且，與人談起蒙古高原，我也不會再「亂哭」了。

是不是住在我身體裡的那個她，已經開始慢慢與我和解了呢？

　　海日汗，我知道，這只是實驗裡的一部分而已，但是，卻是對我最為重要的一部分。

　　如果，如果這實驗有個名字……

　　海日汗，我想稱它為「生命的盛宴」。

　　一如張瑞芬教授所言：「時間猶如一片廣袤無邊的草原，引領她到達自己也不知曉的遠方。」

　　是的，海日汗，時間廣袤，空間悠長，這一場還在進行中的如迷宮般的實驗，對我這自己也不能預先知曉的參與者來說，無論悲喜哀樂，確實是「生命的盛宴」啊！

　　今天就先寫到這裡了，好嗎？

　　親愛的海日汗，祝你快樂平安。

慕蓉　2013年4月18日

1　張瑞芬教授這一句評語裡，「時間」以「空間」來形容。原典是出自《聚繖花序》裡，瘂弦寫給我的散文集《有一首歌》的序名，叫做〈時間草原〉。這也是我在1997年，由上海文藝出版的一本詩集的書名。
2　這一段文字摘自我2011年秋天的散文〈草木篇・之三〉，還未成集。

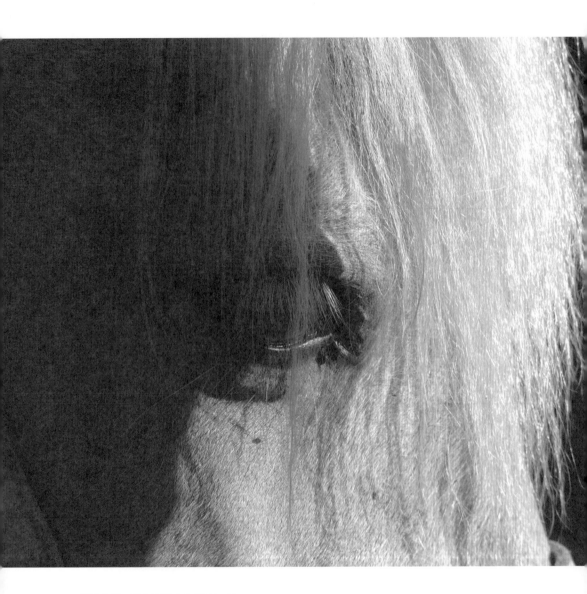

溜圓白駿　伊金霍洛之內 2010・8

19 聆聽大地

如何能讓更多的人明白，只有善待自然，
人類本身才可以繼續生存下去？

海日汗：

前一陣子，我在台東美術館舉行了一次個人畫展，從2012年的十二月九日到2013年的二月二十四日，展出了我的「曠野系列」油畫新作。

我很慶幸能在這個非常專業的場地展出，而更為慶幸的則是，由於籌備展出的關係，去年一年，去了台東好幾次，每次停留的時間也比較長。所以不單認識了台灣東海岸的大山大海，還認識了好幾位非常特別的朋友。

譬如這位林義隆先生。

2012年十二月十八日的下午，好友林韻梅老師帶我去位於花東縱谷間的龍田，拜訪了由當地有心人士所組成的「蝴蝶保育協會」。

不過，我當天卻沒有聽到什麼關於蝴蝶的資訊，反倒是擁有一片果樹林的林義隆先生說的話讓我驚喜萬分。

他說，他並不是專業的果農，但在台東買下一片果樹林是有個理想，希望能做到長久以來所盼望的那種栽植境界，就是與大自然好好相處，不破壞環境。所以，除了絕對不使用什麼殺蟲劑之外，甚至連有機肥料也排除在外。

他說，一開始，他有榜樣在前，因為「自然農法」[1]在日本已推行有年。各人努力雖有不同狀況，不過確實有人在五年時間裡得到了成功。（當然，也有人用了三十年！）

所以，他也想要試試看。

在台東買下了一片果樹林，上面已植有兩百四十棵楊桃樹，第一年，採收了八千斤，在鄉下，八千斤產量換得的收入是可以過日子了。但是，這座果園從前的主人說，那是因為土地裡還存有他去年放進去的肥料，所以作不得準。

果然，第二年就只有八百八十斤，產量銳減。幸好他們家庭在其他方面還有收入來支撐，加上日本前輩曾強調要耐心等待，所以，就繼續堅持下去。

　　不過，再一年也只有兩千斤，一直到了第六年，每年產量都是在兩千斤左右徘徊。

　　可是，今年就不一樣了。

　　今年是第七年，不但產量加倍，預估已達四千斤，而且楊桃長得非常好。其中有三、四十棵樹，每一棵上都結了三、四百顆楊桃，光潤飽滿，沒有蟲子叮咬。

　　當然，台灣是溫熱的島嶼，為了防蟲害，果實上還是要做逐一套袋的工作。由於主人的工作量有限，許多楊桃要套袋的時間都不得不延遲了很久，沒想到的卻是它們仍然完好，沒有蟲子叮咬的傷痕，好像果子本身已經產生了抗體那樣，令人欣慰。

　　林先生說，就在明天，採收的工作就要開始了，心裡很高興。現在就要看看明年的產量如何，如果相對穩定的話，那麼就表示這樣的栽植方式應該是正確的。表示這兩百四十棵的楊桃樹的樹根已經深入地下，終於得到那深層土壤裡的滋養了。

　　林先生說，我們已經知道在土地之上，有一個生態系統在運作，而其實，在我們看不見的土壤深處，也有另外一個生態系統。如果我們的企業或者什麼機構肯大量並且長期贊助科學家們去好好研究的話，我們人類的農業基本常識或許會大幅度地改變，農耕人口對待土地的態度應該增加了敬畏與疼惜。不像現在，動不動就要施肥或者殺蟲，把比較表層的土壤給毀得不成樣子了。

　　而根據一位美國的微生物專家最近的研究指出，在深層的土壤裡，有一個很神奇的生物鏈，從其中的細菌、霉菌、阿米巴蟲、蚯

蚓、馬陸等等生物間互相的供養關係，釋出了大量的天然氮肥。所以，我們如果肯用稍稍長久一點的時間來等待，等待果樹的根再深入一點，等待它們和地下的另一個生物鏈銜接上之後，這不就是完美的生態境界了嗎？

海日汗，你或許會有些疑惑，我今天怎麼講起果樹的栽植來了？這和蒙古高原有些什麼相關呢？

我想，應該是有的。

那天，在聽到林義隆先生以及另外幾位「蝴蝶保育協會」的朋友講述了各人的栽植經驗之後，我忽然有了一點心得：

他們在聆聽大地，我們也是。

是的，海日汗，如果健康與美好的農耕態度是以稍稍長久一點的等待來換取從此與大自然的和諧相處的話，那麼……

那麼，大家或許就比較容易明白，我們的游牧文化核心，就是以不斷地移動不斷地遷徙來換取大自然的健康美好與生生不息。

方式各有不同，一種主要是以時間，另一種則主要是以空間來換取。

方式雖然不同，但是那同樣熱烈、同樣謙卑的深心，都是願意尊重自然，而去聆聽大地。

當然，關於「游牧」，我們恐怕還需要再作解釋，單靠《史記·匈奴列傳》裡的那一句「逐水草而居」，恐怕是遠遠不夠的。

大家都是「地球村」的居民，然而這個村落裡的居住條件還是有很大的差別。蒙古高原這處廣袤的空間在三十六億年之間可說是歷經

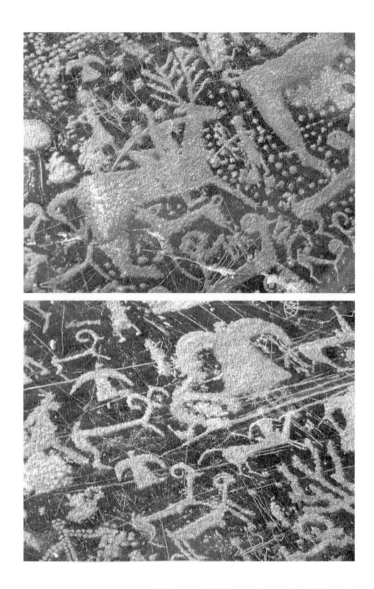

曼德拉山史前岩畫　巴丹吉林沙漠2005・10

滄桑，生態環境異常脆弱。

因此，住在台東的林義隆先生，想要成為有理想的果農，他可以在肥沃深厚的土地上，用七年的時間安靜地等待，等待他那原本已長成的兩百四十棵楊桃樹的樹根再往底下更深處延伸。

這樣一位認真的果農，恐怕無法想像，在北方，在我們的蒙古高原之上，在最最肥美的草原之下，最深的土壤層也不過是僅僅的幾公分厚度而已。在這層薄薄的土壤之下，就是無窮無盡的細砂。

然而，若是小心維護，這極薄的土層卻年年會長出幾百甚至上千種牧草來，各有不同的營養，讓牲畜可以健康成長，讓牧民得以溫飽。

所以，是長久的經驗積累之後，游牧族群終於明白，為了讓這層幾公分厚度的脆弱土壤不會消失，為了讓土壤上的所有植被保有生機，人類自己以及所飼養的牲畜，就需要不斷不斷地遷移。

因此，相對於農耕社會在一處固定的土地上「深耕勤耘」，是人類面向大自然時所採取的一種我們或許可以稱為「進取」的態度；那麼，海日汗，我們游牧社會卻是必須要在一處廣大的空間裡不停地移動，則應該是人類在面向大自然時，不得不採取的一種「退讓」的態度了。

但是，表面上看來雖是「退讓」，其實，從更深層的含意來分析，卻仍然是一種煞費苦心的「進取」啊！

海日汗，在這裡，我想借用學者所整理出來的三段文字來作解釋，或許，我們大部分的人就能領會關於「空間」，尤其是「廣袤的空間」對於游牧社會的重要性了。

（一）游牧的魂就在一個「游」字，也就是不斷地移動，除了

遇到災害時的長距離走場，平時也需要有規律的游動，尤其是按季節劃分不同的營地，隨著季節的轉換而不停遷徙；在同一季節牧場上，也需要頻繁地進行短距離移動。尤其是在游牧傳統濃厚的呼倫貝爾草原，游動更為頻繁。據復旦大學王建革教授的研究，巴爾虎人的蒙古包在一年內移動的次數平均達到五十至六十次，也就是說，平均六、七天就要搬一次家。

是什麼驅使牧民不斷搬家？……在廣袤的大草原上，水、不同種類的草、硝等各種資源很分散，而且分布極不均勻，牲畜只能通過不斷移動，才能攝取全面的物質和營養。

（一）<u>游牧並非單家獨戶、沒有界限的盲目游動，而是一種組織有序的集體行為</u>。譬如，如何預判當年會不會遭災、要不要走場、什麼時候走、走到哪裡、待多長時間，這裡面包含了游牧民族複雜而豐富的傳統經驗和智慧，然而，這些智慧並非每個牧民都能掌握，而是體現在少數民間「精英」，也就是放牧知識豐富的牧民身上。

（三）<u>季節轉場不但滿足了牲畜的需要，同時也讓草場得到了休息和更新</u>。……如今草原生態退化，主要原因就是牲畜和草場承包到戶，各家在規定的一塊草場一直放牧，草場壓力大了，得不到休養。2

海日汗，這三段文字讀下來，我相信每個人都能感覺到如今在內蒙古自治區裡牧民所面對的困境了。

往日是在廣袤的空間裡彼此互助合作的團隊生活，如今卻變成分割而且固定的單家獨戶，游牧社會在內蒙古自治區，眼看著就要消失了。

如何能讓更多的人來聆聽大地？如何能讓更多的人願意善待自

然？

　　如何能讓更多的人明白，只有善待自然，人類本身才可以繼續生存下去？

　　海日汗，這可真是我們的難題啊！

慕蓉　2013年5月4日

1　在圓神出版的叢書之內，也有一本關於「自然農法」的，書名叫做《這一生，至少當一次傻瓜》，就是介紹那位堅持了三十年的木村秋則先生，非常精彩！
2　〈游動、多變環境中的智慧〉出自《草原的邏輯·第二輯》，作者宋燕波。《草原的邏輯》全四冊，由韓念勇先生主編2011年6月北京科學出版社出版。這套書並不是純理論的讀本，相反的，有很大一部分是採訪牧民的見證與紀錄，還有幾十年前內蒙古草原生活的珍貴相片。

這樣輾轉的相遇，恐怕就是歷史的本質了。　夏日塔拉2011・7

20 嘎達梅林

我相信，那「溫暖」會經歷一代又一代的族人分享，
而溫度卻始終不會降低。

海日汗：

二十多年以前（1989年的夏天），第一次踏上父親的草原，在親
友款待我的酒宴上，第一首聽到的蒙文歌是〈寶勒根道海〉（漢譯為
「彎泉」），也就是父親家族所在的這一處草原最古老的地名。

然後，第二首蒙古歌謠就是〈嘎達梅林〉。

相對於第一首歌的清麗悠揚，這首〈嘎達梅林〉的調子就顯得特
別沉鬱。身旁的朋友為我譯出了歌詞：

南方飛來的小鴻雁啊，
不落希喇穆倫河不呀不起飛；
要說起義的嘎達梅林啊，
是為了蒙古人民的土地。

北方飛來的小鴻雁啊，
不落希喇穆倫河不呀不起飛；
要說造反的嘎達梅林啊，
是為了蒙古人民的土地。

初聽之時，我頗為驚訝，後來才知道這是歷史事件，而且禍首是
北洋軍閥。那時民國初立，北方極為混亂，軍閥強占內蒙古牧民的土
地，是共產黨要批判的罪行。

海日汗，初次回鄉，是回到高原母土之懷，我心沸騰，又如有火
種被點燃，種種觸動都極為強烈，只覺得心中的紊亂到不得不以文字
來逐篇梳理，才能找出一些頭緒。

當時的我，並不知道這條「還鄉之路」會帶我去到何處，也不知

道事情會如何發展，更不知道有一場「生命的實驗」即將開始；我只覺得必須寫出來，遂有了第一篇的〈還我河山〉，其中就寫到了嘎達梅林這位英雄。

海日汗，現在讓我摘錄其中幾段給你：

辛亥革命後，前十幾年，國民政府所有的「封疆大吏」辦事處都設在北京城裡；後來的那些年，也從來沒有一位主事的漢家兒郎，願意真正去了解這塊土地，去為這塊土地上的人做一點事、盡一點力。

所謂的內蒙古這一處「美麗而又豐饒的邊疆」，其實有很長一段時間都被北洋軍閥抓在手上。

從一本前幾年在東京出版的書裡，我們可以得到一些資料：

「馮玉祥自從倒戈以來，一直就以西北邊防都辦名義，把與內蒙古有關的察哈爾、綏遠、寧夏這三個特別區，置於自己的控制之下，與這三個特別區有關的蒙古盟旗，自然也受到他權勢的波及。馮玉祥為了解決他部下士兵們的食糧、士氣，以及在裁軍後士兵們的生活問題，大力主張在西北屯墾。可是他要屯墾的地方，卻都是蒙古人民賴以維生的草原牧場。這樣使那些與漢族農民集中地區有關的蒙古地方，如察哈爾部各旗、歸化城土默特旗、烏蘭察布盟南境、伊克昭盟，和阿拉善盟的牧民生活，都感受到威脅。

「同樣情形在東北蒙古也是一樣。這裡的軍閥與商人勾結，以侵奪蒙古土地為致富方法。這種情形從滿清時期已經開始。自民國成立，張作霖成了『東北王』之後，情形更轉惡劣，動員軍隊，以武力驅逐蒙古牧民，占奪牧場，強行開墾之事，時有所聞。這次張、馮合作，擁護段其瑞為執政，暫時把華北、華中的局勢穩定下來。段氏為了酬謝張氏擁立之功，在1925年一月上旬，正式以執政名義，任命張作霖為督辦東北邊防屯墾司令。這樣使一群軍閥、官僚與奸商勾結的

土地非法侵占變為合法化。鄒作華就是在張作霖之下，主持所謂屯墾的司令。他的部下曾以砲彈火藥，迫使許多蒙古牧民離開了他們的牧場……」[1]

這樣的公然侵奪，一直持續了下去，1929年，哲里木盟達爾罕旗的牧民終於揭竿起義，領導的人就是嘎達梅林。

關於他的生平，我所知道的很有限。我只知道他原是老卓王的部下，當時的職務是達爾罕旗管旗副章京，對這片草原，他有著一份難以割捨的熱愛與忠誠，於是組織了民間武力來對抗奉軍，誓死反對開墾。

當然，民間的武力絕對不可能是強大奉軍的對手，這場反抗的爭戰只持續了不到兩年的時間就落敗了。1931年，嘎達梅林最後單槍匹馬，被射殺在希喇穆倫河下游浱河的滾滾激流之中。

英雄死了多年之後，草原上漸漸傳唱了這樣一首歌——

南方飛來的小鴻雁啊，

不落希喇穆倫河不呀不起飛……

海日汗，二十多年前的我一時找不到更多的歷史材料。對於嘎達梅林英雄事蹟所知不多，對於那個流氓土匪出身的張作霖的惡行也所知不多。這第一次親見高原故土的行程，前後加起來也不過十幾天的日子而已，可是，這段時光卻是我用整個前半生四十多年的等待才能達成的願望。

海日汗，直逼深心的觸動前呼後擁，紛至沓來，一時之間，真是不知如何是好。

那時我還在新竹師範學院教課，只能利用週末課餘的時間寫作，但是又不想影響家人（也不想受他們干擾），所以，我總是在一個月裡抽出一次空檔，在其中一個週末沒有課的三天裡，向丈夫和兒女告

假，帶著飲水與乾糧，從台北民生東路的公寓直駛北海岸。我有個小小的畫室在淡水鎮的半山上，等到把雜物都從車裡搬運進畫室之後，我一個人就坐在桌前，開始長久地面對稿紙，全心全意地去回溯，這十幾天之中的種種遭逢。

由於中國時報「人間」副刊主編季季女士的提供篇幅，從〈還我河山〉那篇文字開始，一個月發表一篇。想不到，陸續寫下來，幾乎快有一年的時間才算告一段落，累積了有十篇之多。

那一年，每當靜坐在畫室桌前，埋頭書寫的時候，心中常會迴響著〈嘎達梅林〉這首歌的旋律，緩慢、遙遠，又頗為蒼涼。

當然，海日汗，如你所見，之後，我遂展開了一次又一次的「原鄉尋覓」的行程，求知的火焰在心中熾烈燃燒，想要去探訪的地方至今也還沒走完，想要知道的事物至今也難以真正明白其中的精髓；雖然其間也算勉強添加了一些知識，可是，海日汗，我必須向你坦白承認，對於英雄嘎達梅林的了解，我所知仍然是太少太少！

不過，卻有次溫暖的體會想與你分享。

那是在 2005 年的夏天。

這年夏天，在呼和浩特，我有幸遇見了伊都賀希格老師。

一切都要感謝好友哈達奇・剛的幫忙，在 2005 年六月二十六日的早上，伊都賀希格老師竟然來給我上課了，是何等的福分！何等的榮幸啊！

老師還送了我一套六冊的《蒙古民族通史》（內蒙古大學出版社2002 年 11 月）。

老師很和氣，問我想知道什麼？

慚愧啊！我自己知道得太少，竟然連發問也不會了。

我想知道什麼？我最該知道的是什麼？一時之間，思緒雜亂，一個問題也提不出來。

老師倒好像很能了解我，他自己開始慢慢地講起來，接近兩個鐘頭的時間裡，我越聽越入迷……

　　好像是我先提起英雄的名字來的，畢竟，在蒙古近代史上，嘎達梅林是一位重要的人物，我想多知道一些。

　　想不到，聽到英雄的名字之時，伊都賀希格老師竟然微笑了起來，回答我時的聲音，那音調異常溫和，他說：

　　「我小時候見過他。」

　　「什麼?!」

　　海日汗哪！海日汗，我的驚訝遠超過你的想像！

　　怎麼可能？真的，對我們這些人來說，英雄何其遙遠！早已是書裡，是歷史裡的人物了，而伊都賀希格老師竟然親眼見過他？

　　我的激動與驚訝大概全部顯現在自己的聲音、表情和動作上了，這使得坐在我對面的伊都賀希格老師臉上的笑意更深更濃了。

　　老師上身微向前傾，他說：

　　「我不但見過他，還給他抱過呢。」

　　是幸福的回憶吧。

　　於是，我屏息凝神，專注地聆聽伊都賀希格老師回想他的童年，回想，他與英雄相遇的那一天。

　　他說，他那年大概有五歲了，家鄉一直很不安靜，常有動亂，不是軍閥就是土匪來劫掠。有天晚上，又聽到些什麼風吹草動的訊息，所有的居民都跑去躲了起來。不知道是不是因為慌亂，家裡的大人竟然沒注意到還有他這個孩子睡在床上。

　　有人進了氈房，把他輕輕喚醒，抱了起來。是個微笑的男子，身材不高，問他：

　　「人都去哪兒啦？」

匈奴眼中的鴻雁？（鄂爾多斯式青銅小飾牌）

　　熟悉的蒙古話，親切的語氣，伊都賀希格老師那時年齡雖小，也能明白來人全無惡意。就用手指向門外的一個方向，他知道，一般情況下，大人們大概會躲在什麼地方。

　　來人又笑了，就把他抱在懷裡走出門外，朗聲宣示著說：
　　「是我，別躲了，出來吧，我是嘎達！」
　　聞聲而出的族人們一半恐怕是因為有些慚愧，一半又確實是高興，於是大夥兒都喜笑顏開地過來打招呼……
　　年長的族人趕緊把英雄讓進氈房裡，在最尊貴的位子上坐下，向他獻上奶茶和奶食品，在另外的氈房裡，已經有婦女們馬上開始為嘎達梅林還有他的部眾準備烹煮晚餐了……

　　海日汗，這是伊都賀希格老師的幼年記憶。在那個晚上，有一種

溫暖，一種彼此甘苦與共的溫暖將草原上的一個角落滿滿地圍抱了起來。五歲的小男孩置身其中，是旁觀者，但同時也是參與者，因而也就將這溫暖的氛圍和記憶深深收藏進心底了。

海日汗，那天，在伊都賀希格老師離開了之後，我一個人還在旅館的房間裡悶著頭一直想，一直想找出一種解釋，來說明我自己的驚喜和迷惑。

是的，我剛才聽到的是伊都賀希格老師的幼年記憶，但是，好像有一種什麼感覺超乎這一切之上，或者說是遠遠大於這「記憶」本身原本的意義……

那天，我一直在問自己，是什麼呢？是什麼呢？

是一種和歷史的銜接嗎？

還是說，嘎達梅林這位英雄離我們其實並不遙遠，是我們自己把距離拉長、拉遠的，是我們自己把他推開的。

是的，他是我們心目中一位光輝的人物，然而，這光輝卻被有限的文詞固定在我們所聽聞的歷史事件之中，久而久之，就成為一種概念，在一個更為遙遠的距離之外了。

而在2005年夏日的那一天，透過伊都賀希格老師的敘述，歷史的柵欄彷彿應聲而啟，前面再無障礙，我好像也進入了那個夜晚，我好像也見到了嘎達梅林的笑容，我好像也聽見英雄在朗聲呼喚：

「出來吧，我是嘎達！」

海日汗，此刻已是2013年的夏日，給你寫這封信的原因，是因為七年前曾經苦思不得其解的答案已經出現，是的，答案是：

「這樣輾轉的相遇，恐怕就是歷史的本質了。」

通過伊都賀希格老師的敘述，讓我彷彿置身歷史的現場，聽見了英雄生前的朗聲呼喚。而此刻，再通過我的轉述，我相信你應該也

和我一樣，也進入了那個夜晚，分享了草原上族人甘苦與共的那種溫暖……

這樣的「相遇」，就是歷史的本質，必須一再地誠摯轉述。

伊都賀希格老師珍藏了大半生的「溫暖」，如今經過我，將來再經過你，我相信，那「溫暖」會歷經一代又一代的族人分享，而溫度卻始終不會降低。

海日汗，我相信，在歷史課本之外，我們還需要更靠近歷史的本質，更需要聆聽，在族人之間，那一代又一代的誠摯轉述和輾轉相遇。

祝福你，親愛的海日汗。

慕蓉　2013年6月14日

1　《我所知道的德王和當時的內蒙古（一）》札奇斯欽著，東京外國語大學亞非語言文化研究所1985年3月出版。

幾千年來，多少游牧族群走過，卻完全不留痕跡，這才是真心的疼惜。　東烏珠穆沁 2002．6

21 草原的價值

是的，是萬物。
包括我們以為無知無覺的青草。

海日汗：

真想不到啊！竟然是第二十一封信了。

時間過得這樣快，這本書的篇幅又有限，所以，雖然還有很多話想告訴你，我們還是要暫時在此互道珍重了。

如果你能讀到紙本書的話，賀希格陶克陶教授給我寫的序裡，已經明白地說出了你的名字本意是「山神所居之高山、嶽。因此這種海日汗山自古被蒙古人所祭祀」。

而且，「海日汗」這個名字，男孩與女孩都適用。

所以，我原先想寫一封給「塔娜」或者「索布達」（兩者皆是「珍珠」）的女孩子的信，也就顯得多餘了。因為，海日汗，這二十一封信，是寫給你，也是寫給妳的，對於蒙古高原的未來，男孩和女孩所要思考的與擔負的，應該是幾乎完全相同吧。

在這封信裡，讓我們一起來仔細審視一下「草原的價值」，好嗎？

蒙古高原之上，地貌複雜多樣，除了中間是大戈壁之外，在戈壁之北與之南，都有連綿的高山、高原、丘陵、盆地、火山、熔岩台地、森林、湖泊、河流、濕地、沙地以及沙漠等等……

然而，若是談到悠遠的游牧文明，最重要的腹地就是草原了。從植被水分的多少，依次分有草甸草原、典型草原、荒漠草原等三個不同的區域。東自大興安嶺、西至阿爾泰山、天山，甚至往更西直到多瑙河中游，與歐洲北部草原接壤。在北亞與北歐之間，幾十萬平方公里長滿了青青牧草浩瀚無邊的歐亞大草原，可以說是游牧族群百般疼惜呵護的「生命之海」。

可是，這青綠的生命之海，看在亞洲東南方定居的農耕族群眼裡，卻是荒野，是「未經開墾利用的荒廢之地」。悲劇遂由此發生。

尤其在戈壁之南，如今劃為內蒙古自治區的這一處有一百一十八萬三千平方公里的大地，由於已經在歐亞游牧文化圈的最南端，緊鄰著的，就是亞洲東南人口眾多的農耕民族聚居之處，所以，從很早很早的年代開始，草原就已經遭受過許多次無情與無知的破壞。

　　但是，海日汗，再也沒有比現在、比今天、比此刻更為嚴酷的境地了。

　　因為，從前的災難就算再巨大，也是短暫的，零星的干擾。而如今，以「開發」為名而進行的種種搗毀，範圍越來越大，影響越來越深，幾乎要使我們誤認為這是以整整一個國家的力量來竟其全功，務必要讓內蒙古的草原在我們這一、兩代人的眼前消失殆盡似的。

　　事實是否如此呢？

　　海日汗，你與我都已經看見了，無論是地表上的大規模開採露天煤礦，以及地層下的開採天然氣和挖鑿珍稀礦產。再加上大面積的種植、設廠、農耕移民人口的急速增加、城鎮的不斷擴大、地產商人的炒作、地方政策的逼迫等等；更可怕的是，以照顧牧業為出發點，卻恰恰反其道而行地在草原上豎起了無窮無盡的鐵絲網。把原本需要互助合作的團隊精神，以及靠著不斷移動遷徙才得以保持的草原生機，都一一割裂和毀棄了，導至游牧文化的消失與質變。

　　海日汗，這樣的絕境，不單只使得內蒙古的牧民完全沒有喘息的餘地，欲哭無淚，就連國內的生態學者們也開始大聲疾呼了。

　　「草原的價值」這個題目，這個觀念，必需要不斷地提出來討論，才能修正以農耕文化為主體的漢文化社會裡，從販夫走卒到知識分子都積存了太深太深的誤解。

　　中國，是國土面積如此廣闊的大國，領導階層必須首先有共識，國土之上，各區的自然生態與環境都有很大的差異性，絕對不能以「吾道一以貫之」的執著態度去制定政策。

尤其是面對草原，更要多方了解，草原是如此複雜多變又極為脆弱的生態系統啊！

　　劉書潤教授就對我說過，研究草原，並不只能單單從大自然著手，必須同時注意到牧人、牲畜、草原這三者之間的平衡。他說，游牧文明的核心要素就是這三者的和諧共存。

　　劉書潤教授，是目前中國在內蒙古野外工作時間最長，實踐經驗最豐富、涉及方面最廣的植物生態學家。

　　海日汗，我讀過他的著作，也與他通過兩、三次電話，今年六月，在北京，我們是第一次見面。讓我極為感動的是，劉教授不但很耐心地回答我的問題，竟然還給了我一份他親手寫就的講義，滿滿的十幾頁，細密的藍色小字。而且分隔的行列線看得出來是用手工以鉛筆沿尺列劃出橫線（反面是什麼店家廢棄的藥品銷售協議），然後再用白色棉線將這份講義在左側裝訂了起來。

　　何等縝密的用心！令我肅然起敬。

　　劉教授對待這些已被他人廢棄的紙張的態度，幾乎也就可以反映出他對大自然、對草原、對游牧文化的珍惜態度了。

　　海日汗，我由衷地尊敬這一位身體力行的環保與生態學者。

　　他的立論嚴謹，他的文筆清新，有時候又極富詩意，譬如這三個短句：「草原最怕分割，牧民最怕孤獨，牲畜最怕離群……」

　　海日汗，從這裡，一首蒼茫無奈的詩不是呼之欲出了嗎？

　　當然，海日汗，此刻並不是寫詩的時候，而且，草原的價值也絕對不等同於一張薄薄的紙，可以隨意丟棄。

　　關於「草原的價值」這樣的問題我也已經回答過不少次。記得在十幾年前，新舊世紀快要交接的那段時間裡，有人問過我，那次，問話是這樣提出的：

「快進入二十一世紀了，蒙古高原在未來的日子裡，會對這個世界有些什麼樣的貢獻與影響呢？」

如今回顧，才覺出這問題之後隱藏著一種令人不安的驕傲。可是，當時，我的回答曾經是多麼溫和與謙卑。我說：「在二十一世紀，我也許不能預知蒙古高原會有些什麼特別巨大的貢獻和影響，也許，一般人總會多往經濟或者科技方面去追求，但是，我認為，蒙古高原的存在，有遠比這些追求更為重要的價值，因為，她的存在，讓這個世界覺得心安。」

我還說：「蒙古高原在某種意義上來說，其實不只是北亞游牧民族的家鄉而已，她更是人類在地球上最後僅存的幾處原鄉之　了。對蒙古高原有著更深一層的了解，也是對生命本身得到更多一層的領悟。每個人的心靈深處，所有的記憶其實來自一樣的地方。」

海日汗，我當年溫和又謙卑的回答如今顯得多麼可笑。

如今，無數貪婪的目光都在緊盯著內蒙古地下的資源，無數掠奪的行為也都在內蒙古的草原上橫行。

誰還在乎「心安」？誰還需要「原鄉」？誰？有誰？還願意保留「記憶」？

在經濟至上，資源至上的此刻，我那種軟弱的回答恐怕反而剛好給了他人一種錯覺，認為如果蒙古高原的現況是還停留在原始的原鄉狀態的話，恐怕更需要「開發」的拯救了。

軟弱的回答只能招來誤解。

這恐怕就是我在十幾年之後，突然對著訪問者的鏡頭憤怒起來的原因了吧。

是今年的五月初，有人從很遠的地方來到台灣的北海岸，在石砌

的防波堤邊上，架起了錄影的鏡頭和腳架，開始訪問我。

很有深度的訪問者，成竹在胸地照著題綱，一個又一個問題拋過來。原本是很愉快又認真的工作氣氛，突然之間，我的情緒就變了，彷彿一股無名的怒火從心中燃燒起來……

因為，訪問者要求我的是：

「請你說一說草原的價值。」

十幾年了，我不斷用中文在說著所謂「草原的價值」，可是，有誰聽見了呢？更有誰聽進去了呢？

怒火熾烈燃燒，直瞪著鏡頭，我忽然聽見自己在說：

「你要知道草原的價值嗎？那麼，讓我先問你，請問肺臟有什麼價值？請問肝臟有什麼價值？」

然後，我又聽見自己在說：

「你覺得哪隻手比較沒有用處？比較沒有價值？是左手？還是右手？」

怒火熾烈燃燒，直瞪著鏡頭，我心中其實還有許多話要說，可是它們一起擁上前來，反而再也說不出來了。

海日汗，其實我還想說，末日之門已經開啟，這驕傲又愚蠢的世界啊，已經接近灰飛煙滅的結局，難道從來沒有人告訴過那些掠奪者，我們僅有的地球，僅有的安居之處，也是生命，也需要一個完整的軀體。

草原本身的能夠平安存在，就是游牧文明，就是包括蒙古高原在內的所有的游牧民族給這個世界最大也最寶貴的貢獻！

草原是活的。她是神祕複雜又變幻莫測的有機體，是極為脆弱的生命，因此一遇災難，那反撲的結果使學者也驚駭無比。

在幾千甚至幾萬年的時光中，從生活，從信仰裡慢慢累積著智慧

的游牧族群，帶領著他們的牲畜，在蒼天與大地之間終於學會了與宇宙萬物的和諧相處，保全了實際占有全世界陸地極大面積的草原的生機。

是的，是萬物。

包括我們以為無知無覺的青草。

劉書潤教授告訴我，目前內蒙古自治區裡，政府實行禁牧是極為錯誤的政策。牧民說，長期不放馬，原來給馬吃的草就消失了。長期不放羊，原來羊喜歡吃的有些牧草就變少了。

這些現象，讓研究草原的學者也極為驚訝。圍封禁牧的草原，剛開始的時候好像有點恢復的樣子，但是禁牧五年以上之後，草場就從初始的恢復變成老化、莠化了。原來沒有五畜進入之後，物種減少，優良的牧草竟然換成劣質草。而在荒漠地區，禁牧三年以上就出現了同樣的現象。因而劉教授說，特別是荒漠，絕不能沒有駱駝。牲畜和草，本來是草原生態系統裡兩個重要成員。放牧牲畜以適度為佳，最好的辦法就是游牧，五畜並舉。

也因此，劉書潤教授說，草場分割，按戶經營這個政策是致命的錯誤！

他說：

「任何單獨的草場都是沒有價值的，草場的價值在於組合。游牧民的權利不是居住權，不是個體權，而是移動權、集體權、民族權。牧民最怕孤獨，草場最怕分割。草場自古就是共有共用。草場私有，是牧民和草原的大敵。草原是我們的母親，不能任由她的兒女肢解、分割。」

海日汗，記述到這裡，我或許應該特別向你表明，劉書潤教授並不是蒙古人。

游牧文明的美好時空成就了蒙古長調，蒙古長調成就了歌王哈札布（1922-2005）。　錫林郭勒1996‧6

是的，並不是只有蒙古牧人才珍惜草原，並不是只有游牧族群才認草原為母。在這個地球上，還有許許多多和劉書潤教授一樣的人，都和我們站在一起，為拯救即將消失的內蒙古的草原而努力，或者付出他們的關心。

　　就像今天下午，和一位認識多年的醫生在電話裡交談，知道我正在給你寫這封信，談到草原生態中難以察覺卻又極關重要的「平衡」。他告訴我，在我們人類的身體裡，在骨骼之中，那看不見的蝕骨細胞和造骨細胞也正在不停地運作，務求達到一種「平衡」的健康狀態。

　　所以，海日汗，宇宙萬物都是活的，都在尋求一種彼此可以平衡的健康狀態。這樣的狀態，我們總稱之為和諧，而萬物之間，缺一不可。

　　所以，海日汗，草原本身，是屬於全人類的，是屬於整個地球生命體系裡缺一不可的重要環節。我們絕對不能坐視她在今日的急速消失而不去作任何一種方式的努力！

　　我相信，你是會同意的。

　　暫時先在這裡停筆。親愛的海日汗，期待再相會。

　　希望你去好好讀一讀賀希格陶克陶教授給這本書寫的序。我非常感謝他的分析和鼓勵，也在這裡向賀希格陶克陶教授敬致謝意。

　　祝福。

慕蓉　2013 年 7 月 10 日

耶路撒冷　1999・6

附錄（一）
鄉關何處

　　那天早上，由於我剛好坐在車門口第一排的位置，所以，當中途停車，把等候在路邊的一位女子接上巴士來的時候，我自然向窗邊挪過去，她就坐到我的旁邊來。

　　先是匆匆頷首向我打個招呼，然後就直視前方，不再言語了。

　　我卻不太習慣。好歹都是同車旅遊。禮貌上試著交談一下，應該比較自然些吧。

　　想不到，我剛側過身去，還沒來得及開口，她就轉過頭來對我說：

　　「我不是你們一團的，只是剛好有位波蘭詩人邀我來參加今天的活動而已。」

　　面部沒什麼表情，講話的速度很快，說完就又把頭轉回去，一副拒人於千里之外的感覺。

　　我幾乎是被噎住了。只好也轉過頭來面對右邊的車窗，笑臉一時還收不回去，心中卻有了怒意，莫名其妙，誰怕誰啊？你這西方人不想寒暄，我這東方人也不見得非要理你不可。

　　是的，我們之間最初的分野，就在於此。從外表來分，只是西方與東方的差異而已。

　　那是 1999 年的夏天，我應邀參加以色列的國際詩歌節，這天是會後旅遊，一車子的詩人從特拉維夫出發，直奔死海而去。

　　越走景色越顯荒涼，都是寸草不生的山丘，後座有些人在高聲談笑，我與她依舊互不干擾，保持沉默。

　　走著走著，窗外是不斷下降的路面，路旁灰白的岩石層層堆疊，

隊伍裡有位導遊，忽然出聲提醒我們，說前面就快要經過那處發現了
「死海經卷」的洞穴了。

　　大家都安靜了下來，屏息等待，再順著他的手勢往車子右邊的山
上望去，果真遙遙看到，在山坡高處的岩石之下，似乎是有處略顯低
矮的洞口。

　　珍貴的經卷就藏身於如此荒涼的山野之間嗎？

　　我聽到鄰座的女子就在我身側輕聲吁嘆，想她也正和我一樣，還
伸長著脖子往那已經逐漸遠去的山坡上方眺望著吧。

　　其實，這時候的我已經不生她的氣了。近幾年，在旅途中遇到不
少類型的怪人，有的人真的是不喜歡說話，像她這樣開門見山地先宣
示了，也沒什麼不好。

　　我靜靜地繼續觀看窗外景色。不過，這些色彩灰白乾澀的石頭山
丘，實在不能稱之為「風景」。不禁在心中自問，這就是離散了千年
又千年的猶太人念念不忘的故土嗎？

　　「我母親生前最後一次的旅行就是到以色列來的。」

　　有聲音從我左側傳來，用的是英語，是在對著我說話嗎？

　　轉過頭來，果然，是我的鄰座，她淺褐色的雙眸正對著我。

　　還繼續說下去：

　　「我母親在那次旅行所拍的最後一張相片，就是在死海附近拍
的。」

　　我心已經變得非常柔軟，開始仔細地端詳起她來，是個三十多
歲，裝扮樸素的女子，微胖的臉頰，一頭蓬鬆的棕色短髮，她還在繼
續對我說話：

　　「那張相片上的她是微笑著的，很愉快的樣子。所以，母親過世
之後，我一直也想來看一看以色列，重走一次我母親走過的路。」

　　見我對她微笑，她略顯羞澀。但是，我相信自己凝視著她的目光

一定鼓勵了她，所以，就再繼續說下去：

「其實，我自己也覺得很奇怪。我們家雖然是波蘭的猶太人，但是，我生在瑞士，長在瑞士，對父母談話中的波蘭雖然也不是不感興趣，卻從來沒有想回波蘭去看一看的念頭。我唸的是化工，現在也在學校教書，我在瑞士過得很好。我覺得父母的前半生好像只是一頁應該早已經翻過去的歷史一樣……」

說到這裡，她停頓了一下，好像要想一想再如何解釋。然後，低垂了雙目，她說：

「在我父親逝世之後，日子好像還可以像從前一樣過下去。但是，等到母親也過世之後，我就沒辦法了。有個什麼東西一直在我心裡搗亂，逼得我非採取行動不可。所以，我終於去了一次波蘭，去好好看了一次我父母曾經生活過的地方，不一定是他們的家鄉，而是那整個地方的感覺。好像非要這樣走一趟，才能重新回到瑞士，重新生活下去，你明白我的意思嗎？你明白這種感覺嗎？」

語氣如此急切，想是心中貯存已久的思緒都在此刻爭先恐後地要找人傾訴吧？所以不得不抓住眼前這個東方女子做為對象，可是，又怕她不能了解自己的苦楚。畢竟，東方與西方，相隔那樣遙遠，除了地理上的、文化上的，應該還有心理上很難跨越的距離吧？

在當時，我們兩個人誰也沒體會到，關於「遠離鄉關」以及「追尋母土」這兩個主題，是生命裡最基本的主題，並無東方與西方之分。所以，我只是很自然地回答她：

「我想，我應該是可以明白的。」

然後，我就用很簡短的幾句話，向她說明了自己的身世：與她相同之處，是我也是個生長在他方，遠離了族群的蒙古人，並且一直到中年之後，才見到了父母的故鄉。

而與她不同之處，則是母親雖然早已過世，但在我還鄉之時，

耶路撒冷　1999·6

父親卻仍然健在，並且很高興有一個孩子終於可以與他分享關於蒙古高原的一切。今與昔，明與暗，所有的滄桑變幻，在整整九年的時光裡，我們父女之間幾乎是無話不談，可是……

可是，我告訴她：

「去年冬天，父親走了之後，我才忽然發現，有許多非常重要，甚至非常基本的問題，我都忘了問他。我怎麼這麼大意呢？如今的我，心中充滿了懊惱與悔恨，父親已經離開這個世界了，我竟然沒有問過他一次，這麼多年的遠離鄉關，他是靠著什麼樣的力量和勇氣才能熬過來的？」

就在這個時候，心中累積的疼痛使我不得不流下淚來，坐在我身側的她，用著更急切的語氣向我說：

「是啊！是啊！我也是後悔得很，怎麼沒有想到去問一問我的母親，問一問她心裡的感受？原本朝夕相處的親人，隨時都可以提問，可以得到回答，卻被我輕易地錯過了。現在的我，只能帶著她最後一次旅程的最後一張相片來到以色列，來到死海，猜想著母親在這裡留下來的微笑，是不是她留給我的最後的一絲線索？」

她的語音微顫，她的臉頰微紅，淺褐色透明的雙眸已貯滿淚水，凝視著我，而我只能輕輕點頭向她表示同意。

兩個心中充滿悔恨的女兒，在這一刻裡只能互相對望，默默無語。

後座的導遊忽然朗聲宣布，我們的右前方已經可以觀看到死海了！

於是，舉著小擴音器，這位導遊盡責地向我們提供有關死海的種種資訊和數字，車裡的遊客們也此起彼落地提問。車停之後，與我在這幾天會期裡彼此談得來的兩位詩人過來邀我同行，紛亂中，我和這位女子只能互通姓名，再微笑著握了一下手就分開了。

而在回程的車上，她的波蘭朋友又把她包圍起來，歡歡喜喜地又唱又笑，車抵終點，在人群中，我們也只能遙遙揮手，就算是道別了。

　　本來也只是萍水相逢，這樣的道別也沒什麼不可，當時，我在心裡是這樣想的。

　　沒料到在第二天上午，在旅館門口，各國的詩人們正互道珍重，提著行李準備動身之時，她竟然匆匆地趕來了。

　　依然是一頭蓬鬆的棕色短髮，依然是微紅的臉頰，她，安妮，這位我剛剛才認識的朋友有些靦腆地對我說：

　　「我一定要再見你一面，要向你好好道別，更要向你道謝。昨天晚上，我想了很久，一直覺得我們之間的相遇對我有很深的意義。我想，你從幾千哩之外飛過來，難道就是為了在昨天的旅途中和我說那幾句話嗎？可是，也分明就是那幾句話讓我看清楚了自己現在的處境，好像那困惑著自己多年的迷霧已經散開了，你說，這不就是我要找的答案嗎？」

　　我也被觸動了。不禁向前去擁抱她，向她道謝，她在我耳旁說：

　　「是的，我對自己說，今天早上一定要找到你，好好地擁抱你，感謝你與我的相遇。」

　　那是1999年的夏天。在擁抱的當時，我們都認為這樣的友情會持續下去，所以還互相交換了地址。可是，在台灣的921大地震之後，她曾來過一信殷殷詢問，我當時沒馬上回答，隔了幾個月才寫信過去，卻始終沒有回音，我也就沒再試著寫第二封。

　　現在，十幾年都過去了，她的地址始終都還在我收藏以色列之行的資料袋裡，當時怕自己以後或許會忘記，所以我在她手寫的地址下面，用中文加註了幾個字：「死海之濱的同車。」

有時在翻尋其他資料時偶爾瞥見，也想著哪天說不定再給她寫封信試試看。

　　不過，現在的我已經有點明白，互通音訊其實並不那麼重要了。我相信，這友情還在持續，只是並不是以平常的方式。

　　我相信，在我們兩個人的記憶裡，誰也不曾把誰忘記，只因為我們曾經一起面對過自己的命運，在那輛車上，在死海之濱。

慕蓉　寫於2013年春節過後

千年胡楊　額濟納 2005 · 10

額濟納十年散記

（一）前言

胡人的楊樹叫胡楊　　胡人的鄰居是胡楊
千年的胡楊金閃閃　　千年的生命被摧殘
胡楊滅絕是誰的錯　　無人回答無人在意
眼前只見那怪樹林　　乾枝柯　風兒吹過
只有那胡兒的眼淚　　雙雙落啊　雙雙落

翻開2007年的筆記本，一張狹長的紙片從本子裡掉出來，上面是用畫圖的粗鉛筆，匆匆寫就的幾行打油詩般的短句，想必是旅途上記下的心情，這旅途，應該是與額濟納有關吧。

初見額濟納，是西元2000年。

印象深，感觸強烈。回到台灣之後，在中國時報人間副刊每週一次的專欄上，陸續發表了底下這幾篇文字，〈沙起額濟納〉〈失去的居延海〉以及〈送別〉等等。

由於這些文字都已經收錄進我的散文集《金色的馬鞍》一書中，所以我現在只摘錄其中極少部分作為前言：

這是多麼可怕的事！「禍首」原來在此！

據大陸的「專家」研究的結果，是額濟納旗的牧民養了太多山羊，放任山羊吃草的結果，就把草地吃成沙漠，吃出了終於危害到北京的沙塵暴。

於是，聽從專家的建議，領導們就下令要殺羊了。

多麼荒謬的推論和決策啊！

使得內蒙古草原日漸沙化的原因有大有小，無論如何推定，真正讓草原陷於絕境的禍首絕對輪不到山羊。

真正的禍首，應該就是幾十年來政府對草原生態的無知與輕忽所造成的錯誤政策——過多的移民和無限的大面積的「開荒」。

　　………

請問「專家」們，你們是真的無知還是已知而不敢說不能說呢？

不知道專家們有沒有勇氣向政府進言？

其實，如果有人真心為國家的前途著想，就該向政府建議把眼光放遠，遠到能夠完全明白目前政策的錯誤。

整個內蒙古自治區的自然環境是非常優良的游牧地區，然而先決條件必須是「地廣人稀」，才可能有穩定的發展與收益。

然而，對游牧民族是「生命之海」的草原，在由農耕民族所組成的大大小小從地方到中央的政府眼裡，卻只是「荒地」。因而，幾十年來，不斷地向西北地區移民開「荒」，終於造成草原急速沙漠化的惡果。

　　………

對曾經在這裡生活過的北亞游牧民族來說，居延綠洲，真是天賜福地。

然而，在二十世紀五十年代還是芳草遍地，紅柳叢生高達丈餘，黑河浩蕩奔流，兩岸蘆葦鋪天蓋地，居延海碧波千頃，湖濱布滿原始

森林的三萬多平方公里的綠洲，卻在黑河中上游甘肅省的地方政府公然截斷流的惡行下，百般無奈地就要逐漸消失了。

從六十年代開始，這片綠洲上的居民就陷入從未中斷並且越演越烈的噩夢之中。開始的時候，甘肅的人還有些心虛，因此偶爾還會放水，讓下游的河道滿上幾次。但是，最近這十年來，他們人口越來越多，態度也越來越蠻橫，簡直無理可講了！

額濟納旗為了在絕境中求生，想出了在今年（西元2000年）的十月四日到六日，舉辦第一屆「金秋胡楊旅遊節」的主意。然而，我千里跋涉，經賀蘭山再穿越戈壁而來，卻只見塵沙遍野，大地乾涸。落日果然是又紅又圓，但是車子經過一道又一道的橋面，橋下卻只剩下空空的河床，胡楊樹林在大面積地死去，倖存的幾處果然葉子開始轉成耀眼的金黃，而居延海呢？我那麼渴望一見的湖泊會不會還留下一些淺淺的水面？

我的土爾扈特朋友那仁巴圖憂傷地回答：

「居延海早在八年前就完全乾涸，一滴水也沒有了。」

………

四十年後，原本豐美富饒的額濟納綠洲已垂垂待斃，三萬多平方公里之上，所有的河流與湖泊都已枯竭，居民如今賴以為生的地下水，水位也在不斷下降之中，並且，井水中的含氟量已經遠遠超過國家的安全標準，氟骨病、斑釉牙病、缺碘等等症狀急速增多。

走進額濟納旗的首府達來庫布鎮，最初我只覺得有些什麼和我習見的內蒙古城鎮不大一樣，不過一時還分辨不出究竟。後來過了兩天才猛然省悟，在這片幾成荒漠的綠洲上，有山羊、有驢子、有駱駝，可是怎麼從來沒有看到過一匹馬？一匹對於游牧民族來說是絕對不可

或缺的馬呢？

對我的疑問，那仁巴圖苦笑著回答：

「你現在才發現嗎？我們早在十幾年前就已經養不起馬了，能給馬吃的草場都沙化了。八十年代中間，我們只好陸續地把一批批的馬匹賣到別的地方去。有一年，也是最後一次，我們把最後的一群馬賣了，那天早上，差不多全鎮的大大小小都站到路邊來目送牠們離開，好多人都哭了，真是捨不得啊！」

（二）駱駝駱駝不要哭

西元2000年時，向我嘆息著養不起馬兒了的額濟納人，當時，並沒有料想到，不過是十年之後，他們會連駱駝也養不起了。

十年後，一位年輕的新認識的朋友，用非常輕鬆的語氣，向我描述那其實越來越沉重的心情：

「老師，您有沒有發現，這附近已經看不到駱駝了？因為，牠們都被趕到荒郊野外去了。

「從前，在這條路上開車，老是會被駱駝嚇到，有些車禍也是這麼發生的。您想一想，安安靜靜的道路上，突然從旁邊的矮樹叢後面鑽出個大腦袋來，大眼睛瞪著你，大鼻孔喘著氣，有時候還露出一排大牙床，您不會一邊罵一邊趕緊踩剎車，死命地轉方向盤嗎？」

年輕人一邊說，一邊還學著駱駝的樣子把眼睛瞪得老大，旁邊聽的人都笑開了。然後，他才有點不好意思地輕聲再說了一句話：

「奇怪啊！現在牠們被趕得走投無路，偶然在野外遇見了一、兩隻，還真讓人心疼呢。」

對阿拉善地區（包括額濟納）的動物來說，這些駱駝們已經夠吃苦耐勞的了。

前幾年，為了請教關於「芨芨草」的知識，我曾經向遠在北京的學者劉書潤教授求教。在長途電話裡，與我素不相識的教授，很耐心地向我解釋。除了植物本身的特性之外，他還告訴我說，在內蒙古東部與中部的草原上，芨芨草的蒙文名字叫「得力思」。因為草質太粗，口感不好，所以牲口不吃。但是，在內蒙古西部阿拉善盟一帶的漠地草原上，芨芨草的蒙文名字卻叫做「通格」，駱駝會吃這種草。

　　劉教授告訴我，並不是駱駝愛吃，而是在阿拉善，生存的條件太艱難。他說，假如是生活在草場好，牧草種類繁多的草原上，即使是駱駝，也不見得一定要去吃芨芨草的。

　　駱駝是智慧很高，感情豐富又自尊心很強的動物，在困苦的環境裡，為了生存，一代又一代地讓自己適應了芨芨草的粗糙與苦澀，那真不是容易的事啊！而如今，竟因為盲目的開發以及對價值的錯亂和短視，整個社會裡的所謂中堅份子，竟然要逼得這些駱駝再無容身之地了！

　　記得從前讀歐洲的斯坦因或者斯文‧赫定那些探險者所寫的日記裡，常常抱怨說今天又損失了幾峰駱駝，行程又要被耽誤了等等的段落，我的心裡總是憤憤不平。再吃苦耐勞也會被這些人的貪婪與計較給累死了的駱駝，又能向誰去抱怨？

　　在蒙古國拍攝的前後兩部電影裡，我都見過哭泣的駱駝。那不是虛假的特效畫面，而是真實的紀錄，大滴大滴的淚珠成串滾落下來，牠的心有多疼痛啊！

　　駱駝駱駝你不要哭，這個世界對你儘管越來越冷酷，還是有人，有額濟納的牧民明白你們的辛苦和辛酸的。

　　儘管，他們自己也遇見了解不開的謎題。

　　近幾年來，舉著「環境保護」的大旗，宣揚要「退牧還草」，地方政府收走了牧民的許多草場。其實，即使是漠地草原，即使是已經

變成養不起馬兒的貧瘠草場，原來用來養駱駝還是足足有餘的。為了配合政策，牧民心甘情願地讓出生活了好幾個世代的草原。沒想到的卻是，不過旋踵之間，退了牧的大地卻成為一畝又一畝的棉花田，這個時候，宣揚的卻又是為了符合「經濟效益」了。

目瞪口呆的額濟納牧民難以解釋這眼前的一切，只好繼續保持沉默。

只有少許的年輕牧民偶爾借酒裝瘋，幾杯之後就嚎哭了起來。醉態或許是假的，淚水與心裡的疼痛卻是真的。

年輕的土爾扈特孩子在深夜的大地上，一個人孤單單地仰著頭向天空哭喊：

「我實在想不明白啊！」

「我實在想不明白！」

（三）詭譎的河流

西元 2000 年的時候，站在居延海完全乾涸了的湖底上，我拍了幾張自己認為很特別的相片。回到台灣後，在演講的時候放給大家看，要向在場所有的人證明，生命的強韌度是難以置信的巨大！

在乾涸了八年的湖底，在無數的細碎砂礫之間，蘆葦的幼苗還在繼續生長。是一種什麼樣的信念，使柔嫩的幼苗還在等待，等待，等待那湖水重臨的一日？

這些相片感動了許多在場的聽眾。

所以，2005 年，聽說居延海有水了，聽說雖然不如從前，到底也已經恢復了十幾到二十平方公里的水面了，就有朋友打電話來問我，怎麼不快去看一看？看看那水岸邊有沒有蘆葦？如果有的話，一定要再拍幾張相片回來給我們仔細欣賞。

居延海新生的蘆葦。　額濟納2005・10

所以，2005 年的秋天，我就興匆匆地重回額濟納，和當地的朋友一見面，就央求他們帶我去看居延海，還問他們：

　　「蘆葦長出來了嗎？好看嗎？」

　　可是，眼前這幾位朋友卻遲遲不回答我。

　　那時，我們已經站在一條河流的旁邊了，河中有水，據說是直通居延海。專家們為了讓居延海恢復稍具規模的水量，還真是做了不少的努力，煞費苦心呢。

　　然而，正是這些「努力」，這些「苦心」，使得我平日朗爽熱情的朋友變成有口難言，卻說還休，陷入了困境的原因。

　　在我訝異的追問之下，他們終於告訴我，居延海是有水了，岸邊也有了美好的蘆葦。可是，專家們想出來的運水方法，卻隱藏著另一種危機，河邊的胡楊不知道還能活多久！

　　我眼前的這一條河已經不是真正的河流了。在運水之前，專家為了要保證每一滴流過的水都要流到居延海去，所以，他們在整條河的河道上都鋪上了防水布（還是做了種種防止滲透的工程，細節我沒有記清楚）。總之，施工完成之後，河流已再不是河流，而變成是一條巨大的水溝，所有其中的水流都直奔居延海而去，河岸兩邊原來是因為有河才能夠成林的胡楊樹，將面臨前所未有的災變，河岸已不能再成為有河水暗暗浸潤的土地了，今天還不太看得出來變化，但是，明天的明天之後，要怎麼辦呢？

　　有人說：

　　「我們當然希望居延海能恢復生命，這也是大家期盼了多少年才得以實現的。可是，怎麼也想不到專家們會用這種方法！想要去表示意見，也沒人聽。說不定別人還會覺得我們太討厭了，給這麼人的禮物還不滿意。」

　　這就是為什麼會欲言又止的原因吧。

用這種「速成」的方法是什麼領域裡的專家呢？

我也百思不得其解。

從小對專家與學者我總是非常敬畏的，敬佩他們的學養，畏懼於他們的權威。然而如此違背了大自然的運行，果真能「人定勝天」嗎？

日落之後，回到旅館。見過居延海了，也拍攝到水中的蘆葦了，可是心裡一直在想那些河岸邊的胡楊樹，晚上睡得很不安穩。

在轉側之間，一個念頭忽然岔進來，真的，不知道遠在什麼大城市裡的那幾位專家，他們晚上睡得著嗎？

還是說，是我太多慮了，有這麼多重要的建設等在眼前，他們恐怕早就把那些胡楊樹給忘了吧。而且，說真的，不過只是些樹木而已，恐怕也算是必要的犧牲吧。這些額濟納牧民如果還不滿意，那也沒辦法了。

從那天晚上開始，我就這樣胡思亂想地一直到今天，到提筆的此刻。

慕蓉　寫於2012年4月8日

國家圖書館出版品預行編目資料

寫給海日汗的21封信 / 席慕蓉 著.-- 初版.-- 臺北市：
圓神，2013.09
240面；17×23公分.--（圓神文叢；147）

ISBN 978-986-133-467-7（精裝）

855   102014553

The Eurasian Publishing Group
圓神出版事業機構
用心與你對話·熱切與你分享

圓神出版社
Eurasian Press

http://www.booklife.com.tw   inquiries@mail.eurasian.com.tw

圓神文叢 147

寫給海日汗的21封信

作　　者／席慕蓉〔文·攝影〕
發 行 人／簡志忠
出 版 者／圓神出版社有限公司
地　　址／台北市南京東路四段50號6樓之1
電　　話／（02）2579-6600·2579-8800·2570-3939
傳　　真／（02）2579-0338·2577-3220·2570-3636
郵撥帳號／18598712　圓神出版社有限公司
總 編 輯／陳秋月
主　　編／林慈敏
責任編輯／林平惠
美術編輯／劉鳳剛
行銷企畫／吳幸芳·陳姵蒨
印務統籌／林永潔
監　　印／高榮祥
校　　對／席慕蓉·林平惠
排　　版／莊寶鈴
經 銷 商／叩應股份有限公司
法律顧問／圓神出版事業機構法律顧問　蕭雄淋律師
印　　刷／國碩印前科技股份有限公司
2013年9月　初版